WE LIVE
IN
WATER

JESS
WALTER

# 我們住在水中

傑斯・沃特 著
許瓊瑩 譯

# 書評讚譽：

「既率直又風趣……是對美國經濟衰退時期，詼諧而又發人深省的精簡寫照。」

——《科克斯書評》

「動人心弦……兇猛辛辣……好笑，因為真實，可怕，因為真實，而之所以好笑，也正因為它的可怕，反之亦然，你可依此類推，永無休止。值得慶幸的是，沃特宅心仁厚，他擅長描寫其他宅心仁厚，然而或許破碎的人物。那種寬宏大量的精神，再加上沃特似乎無法對骯髒混亂的點點滴滴視而不見，使得這些故事從單純的輓歌提升為繁複的交響曲。」

——艾莉森・葛洛克（Allison Glock），《紐約時報書評》

「曲折而又直率的故事，在耍弄我們自恃已知的事物的同時，又出人意表地引人爆笑……沃特儼然已成美國最耀眼的小說家之一……如此的詭異，又如此魔鬼般的出色，真不公平。」

——肯・阿姆斯壯（Ken Armstrong），《西雅圖時報》

「一本單薄，潔淨，又美麗的集子……不叨叨說明，反而，沃特讓他筆下的角色，特別是藉由他們說話的方式（他們所使用的街頭方言），向我們顯示，他們是什麼樣的人。」

——諾亞・查內（Noah Charney），《書痴》

「沃特具有靈敏的耳朵，而且是一位對美國無依無靠之新一代放逐者深具同情心的天才。」

——亞倫・裘斯（Alan Cheuse），國家公共廣播電臺《事事關心》節目

「筆藝超凡，雖有時風趣，但更常見令人心碎的陰鬱……」

——伊森・格斯朵夫（Ethan Gilsdorf），《波士頓環球報》

「一本書寫渾蛋的文集……勇敢堅決，寬宏大量。」

——班・波西（Ben Percy），《君子雜誌》

「傑斯・沃特是當今美國小說家當中，天生具有傑出說故事能力的一員……令人欽佩的透頂優異……這些故事既冷酷又有情，既強硬有力而又充滿靈魂。」

——麥可・林葛恩（Michael Lindgren），《華盛頓郵報》

「簡約的對話、淒厲的駁斥，以及角色因冀望事有所成而懷抱的矜持，在在都見證著作家肅穆的寬厚心胸。沃特愛這些傢伙，顯而易見……一個突出的例子，就是以其為書名的那篇故事，它的哀傷、殘暴，和緩緩走向無聲災難的步伐，令我不寒而慄。」

——南西・羅梅曼（Nancy Rommelman），《奧瑞岡人報》

「沃特可說是西北部的威廉・甘迺迪，擅長觀察在美國經濟走下坡的歷程當中，遭到遺棄的當地民眾和運氣奇背的落敗人物……對傑斯・沃特的黑色幽默，我們並不感意外。不同的是，他的故事讓我們感受到作者的心，我們從未從光明璀璨的小說中感受到這點。」

——瑪麗安・韋尼克（Marion Winik），《新聞日報》

「暗黑的趣味，隱晦的哀愁，這些故事寫得非常、非常之好。你知道網路在推薦一本書時常說，如果你喜歡這本，那麼你一定會喜歡那本？這部初登舞臺的小說集，理路十分直接了當：如果你喜愛閱讀，那麼你就會喜愛這本書。」

——《出版者周刊》（重點書評）

「以其註冊商標的邪門式幽默，再混合以令人心碎的溫柔，沃特這些深刻精煉的故事，可直接與當代美國經驗對話……一部既具瘋狂的娛樂性，同時又發人深省的小說，出自一位天才絕倫的作家之手。」

——《書單雜誌》（重點書評）

「直率又風趣……美國經濟不景氣時期一個詼諧又振聾發聵的寫照。」

——《科克斯書評》（重點書評）

「沃特先生輕而易舉地將他的觀點帶進短篇小說之中，而且力道超乎預期……這是他多年來最悲悽而風趣，而且筆鋒也最銳利的一部作品。」

——珍妮特．馬斯林（Janet Maslin），《紐約時報》

「每一個字都處置完美……沃特半戲謔的散賦，〈我的家鄉華盛頓州斯波坎市的統計摘要〉……為他的第一本故事集畫下精彩絕倫的句點。」

——珍．齊亞巴塔利（Jane Ciabattari），《每日野獸報》

「滿溢人道精神。A⁻」

——《娛樂周刊》

「堅毅勇敢，音調完美……從黑暗的現實中逼出光明的啓發。」

——《時人雜誌》

「妙趣橫生，洞燭入微，而又發人深省。」

——卡洛琳・藍伯森（Carolyn Lamberson），《發言人評論報》

「事實上，是一部偉大的文集，而且對本地文學乃一重大貢獻。」

——艾莉森・哈雷特（Alison Hallett），《波特蘭水星報》

「沃特精準的描寫每一位角色，精準的描繪每個人迴旋墮落的旅程，也精準的描述了這個不確定、而且經常不仁慈的後現代年代……是對這個不照顧自己同胞的社會，既犀利又真實的觀察。」

——芭芭拉・羅以德・麥克馬可（Barbara Lloyd McMichaels），《貝靈罕先驅報》

「絕品的沃特……詭譎搞怪。而且妙趣橫生。買了。」

——《今日美國報》

「雖然時而閃現幽默，他似乎在處理寫實的、當代的場景的時候，最能展現揮灑自如、統合駕馭的筆力，他以有效而又精省的文字予以描繪，並且訴諸慈悲而又嚴厲的口吻。」

——亞當・郎格（Adam Langer），《舊金山紀事報》

「黑暗，詼諧……《我們住在水中》裡的故事，與其說是警世寓言，不如說是對人類純粹而又可悲的愚行的嘲諷——即便有錯，我們仍可能變得多麼的無厘頭，而同時又滿懷著希望。」

——康妮・歐格（Connie Ogle），《邁阿密先驅報》

「除了理查・福特之外，他大概是在美國小說界裡，對當代生活的紛亂和瘋狂，最具有敏銳觀察力的作家……這些文筆流暢、優美、緊迫，一如他向來所作的，精雕細琢的故事，使沃特有資格與當今最優秀的作家們平起平坐。」

——羅利・朗諾斯（Rory Runnells），《溫尼伯自由報》

# 目錄

獻給華倫和卡爾

# 任何施捨皆有幫助

# Anything Helps

他必須去一趟耶穌之家，雖然他知道卡特可能不會讓他進門。他喜歡卡特，即使那傢伙堅持苛刻的耶穌規矩，而且有一雙苛刻的耶穌眼睛。那件事令人遺憾，因爲屁點兒一直表現得很好，幾乎天天出席團體聚會，輪班做晚飯，也參與院子的工作。卡特在耶穌之家設了一套付費系統，你如果從事服務、打掃，或院子裡的工作，就可以拿到消費券，然後到他們經營的小店裡買零嘴或其他有的沒的。這樣可以保持一切自給自足，而且讓大家養成習慣，不要把錢花在酒和毒上。當然，這些消費券有個暗盤市場，一角抵一元，所以慢慢累積，就可以存足夠的錢去買醉，但是就這點來說，屁點兒也一直自我控制得相當好，幾乎就像個守法的公民。他已經超過一年沒碰毒品了，每個月只喝一、兩罐啤酒，偶而來半瓶葡萄酒。

然後發生了上週末那件事。在星期四的團體聚會中，肥丹尼又在吹噓那次他吸毒過量的經驗，那使屁點兒想起茱莉，停止呼吸以後，她的腳還不停的抽搐，所以聚會以後，他從藏錢處——床鋪的空心欄杆內——拿了幾塊錢，買了一瓶啤酒。在一家酒館裡。像個眞正的人，靠在吧檯上，一邊看棒球轉播。那感覺棒透了。媽的，他甚至沒有全部喝完；重點是在於那個吧檯，不在於啤酒。

但是就因爲滋味太爽了，星期五他破了戒，跑去快捷商店買了兩瓶烈酒。等他回到耶穌之家，華勒斯跑去跟卡特告狀，說屁點兒把消費券拿去賣錢換酒喝。

凡事都有後果，卡特總是這樣說。

我覺得爛透了，屁點兒總是這樣說。

我們來談談你，社工安德莉亞總是這樣說。

等你戒乾淨了來找我，快捷商店那個胖結帳員總是這樣說。

媽的好玩的傢伙，金色敞篷車裡那個傢伙總是這樣說。

書店那小子終於回來了。他帶來一張小卡片，很像駕駛執照，並且把它連同一枝筆遞給屁點兒。好了，現在你有折扣卡了，小子說。在那張小小的紙板上，註明姓名的地方，屁點兒寫：**媽的好玩的傢伙**。在註明地址的地方，屁點兒寫：**任何施捨皆有幫助**。

屁點兒又開始走路，在市區，沿著河岸。有一陣子，他和茱莉會在河岸再下去一點的地方紮營，河水在那裡轉彎，變得平緩。他們會在那裡抽菸，她會躺下來，喃喃的計畫他們倆要如何振作起來。

屁點兒試圖告訴卡特這點。是的，他曾經搞砸，但是他事實上是要賣掉消費券好去買這本書，好重新振作。但是卡特滿腹狐疑，問了一大堆問題，然後華勒斯又摻一腳說他說謊，於是屁點兒往華勒斯一頭撞去，卡特把他拉開——也很粗暴——屁點兒大罵：**幹你媽的這，幹你媽的那**，三條規定都犯上了（1.不准喝酒，2.不准打架，3.不准爆粗口），所以卡特沒有選擇餘地，他說，規定就是規定。

那麼我也沒有選擇餘地，屁點兒說著，大步踏出耶穌之家，忿忿不平。

你當然有，卡特說。你永遠都有選擇。

當然，卡特是對的。但不知是出於嘔氣、自憐，或只是口渴，屁點兒不管三七二十一，把一半的買書錢花在一瓶烈酒上，在街上度了幾晚，然後把剩餘的錢又拿去買醉。你以為有些事你不會再做了，撿路上的菸屁股來吸，還有在巷子裡拉屎。今天早上他在河上方的停車場醒來，在一座嗡嗡作響的暖氣通氣管後面。往下俯瞰河水，他彷彿可以看見茱莉躺在草地上。**我們什麼時候要振作起來呀**，韋恩？

屁點兒走過磚造公寓樓房和空空的倉庫群。斯波坎是座甜甜圈城市，市區是甜甜圈中間那個洞，市民都住在周邊的郊區。**甜甜圈城市**是屁點兒一**致性都會理論**的一部分，例如，每一個失敗的都會市中心，都會嘗試相同愚笨的修正手法：在空倉庫掛一個直立式招牌宣稱：「**奢豪閣樓空間！**」，購買看起來像電纜車的巴士，還有開辦狗屎蛋農夫市場。

非常有趣，每次屁點兒談起他的理論，安德莉亞就這麼說。但是在團體聚會的時候我們要談的是**自己**，屁點兒。讓我們來談談你吧。

但如果這**就是**我呢？有一次屁點兒問。為什麼我們不能是我們所看見和所想到的事？為什麼我們總必須是那些悲哀的故事，例如肥丹尼老假裝他很抱歉把自己的人生搞砸了，然而我們都知道，他事實上只是在吹噓他以前吸過多少古柯鹼。為什麼我們不能談**我們在想什麼**，而反而只是一直在談我們**幹過**什麼愚蠢的鳥事？

好吧，韋恩，她說——你在想什麼？

我在想我幹了一些眞正愚蠢的鳥事。

安德莉亞喜歡他，總是會對他說的笑話發笑，對待他就像他比那群人聰明，事實上他也是。

她甚至會和他賣弄風情，一點點啦。

你的綽號是怎麼來的？有一次她問他。

因爲那是女人所能忍受我的程度，他說。只一點點。再加上，我曾經把一個人咬死。直接咬穿他的喉嚨。[1]

那只是他的姓的諧音啦，華勒斯說。他姓畢汀爾。[2]

沒錯，他說。然而我確實咬過某個傢伙的喉嚨。

你以爲你很屌是不是，華勒斯總是這麼說。

你要不要談談茱莉？安德莉亞總是這麼說。

不怎麼想，屁點兒總是這麼說。

在上帝面前我們都是小孩，卡特總是這麼說。

但是當屁點兒到耶穌之家的時候，卡特根本不在那裡。他去參加他小孩的足球賽。看守入口的傢伙，肯尼，把身子探出窗子說，他不能讓屁點兒進來，除非卡特取消他的處罰。

好吧，屁點兒說，幫我一個忙就好。他把書從袋子裡拿出來。告訴他我拿這個給你看。

1 他的綽號原文 Bit 當動詞用時，有「咬」的意思。

2 他的姓原文是 Bittinger。

屁點兒走過磚造店家和公寓樓房，穿過有綠茵草地的較高級住宅區。書在他的臂膀下沉甸甸的。

屁點兒的另一條一致性都會理論就是灑水器，你可以根據居民灑水的方法判斷這個區域的富裕程度。如果每一棟房子都有一個自動灑水系統，那麼這裡的平均收入就上看六位數字。如果多數人都是拉著水管灑水，那麼這裡就比較屬於中下階層。如果居民根本不管屋前的草地……嗯，那就是屁點兒和茱莉一向窩居的那種爛區，除了有一年夏天他們在威納奇租的小窩，那時屁點兒在果園工作。有時他會回想起那個地方，想像事情會如何，如果他能解除從那一點之後所發生的一切，就像擺正一排多明諾骨牌。一路回到奈特出生的時間點。

屁點兒深呼吸，環顧周圍的房子以將自己的心思抽離，他看看那些人行道、花園石磚，和自製的郵筒。這趟路走起來還不賴。摩森家住在一個公路幹線之間的區域，大約有十個街區的五〇和六〇年代農舍和牧場式住宅，有大小合宜的圍籬院子，乾乾淨淨，是茱莉一向喜歡的那種街區——優質，但不過分。屁點兒抽出明信片，再讀一次地址，雖然上次看的時候他已經把地點默記下來了。還要再兩個街區。

天氣涼起來，厚重的雲層往下壓，像蓋在小孩子身上的毯子。待會兒會下雨。屁點兒估算這個住宅區大約百分之四十有自動灑水系統，百分之二十有雙車車庫，很多人有岩石花園和鑲邊的人行道。摩森家是那個街區最大的一棟，灰色的兩層樓建築，後面還有一棟很大的增建。兩個小男孩——一個黑膚，一個白膚，兩個都比奈特小——在前院裡，在一片很大的鐵絲網圍籬後面，彎著腰不知道在看什麼。一隻蟲，如果要屁點兒猜的話。

哈囉，屁點兒從圍籬的另一邊說。兩位年輕紳士知道奈特在家嗎？

他在樓下玩乒乓球，其中一個男孩說。另一個緊抓住他的手臂，無疑在警告他不要隨便和陌生人講話。

或許你可以告訴摩森先生或太太，畢汀爾在外面。只是想來見奈特一下下。

兩個男孩去了好一會兒。屁點兒清清喉嚨。把兩隻腳挪來挪去。傾聽有沒有警車的聲音。他環顧周遭，難過這裡的環境沒能更好，奈特沒能配到南丘區的寄養家庭，例如被配到一個醫生家或什麼的。蠢念頭；他對自己有這樣的想法感到丟臉。

摩森太太比他上次，即春天，來訪時，看起來更胖了——有那麼久嗎？超過半年了嗎？她看起來像根保齡球瓶，頭上一大叢側分的頭髮，戴著大大的圓眼鏡。然而卻是個聖人，她和她先生兩人，收留了這麼多孩子。

她皺起眉頭。畢汀爾先生——

請叫我韋恩就好。

畢汀爾先生，我以前就跟你說過，你不能擅自來訪。

沒錯，我知道，摩森太太。我應該透過法定監護人訪視手續。我知道。我只是……我錯過他的生日。我想給他一本書。然後，我發誓，我會——

什麼書？她伸出手來。屁點兒把袋子交過去。她打開袋子，張望裡面，沒把書拿出來，一副

# 1958

歐仁·迪森斯身體前傾地開著車，上身攀在方向盤上，嘴角叼著香菸，兩膝中間夾著啤酒罐。他以前也情緒失控過，當然，三、四次，也許不只，端看你怎麼個算法。就凱蒂來看——每一次打架、嫖妓，每一次賭撲克、酗酒——他都是情緒失控，但是歐仁認爲他前妻的這種算法不算公允。如果依他來看，只有身陷無法回家的真正危機那幾次，才能算數。就例如在航空母艦上的那個早晨。

「爹？」

就技術上而言，外調的那整整四個月他都置身戰場，但是只有一次身陷危機，那是在戰爭結束前一個月，在外海的一個美麗清晨，和他的水手同儕在甲板上，感覺前所未有的孤單，幾架飛機像鳥兒般侷促於灰色甲板的盡頭，機翼向上摺起。世界的其餘所在，無論從哪個方向看去，似乎都只是一段段不同色調的藍，只除了在水天交會處有一條細薄的灰線，然後警報響起，一架孤零零、冒著煙的飛機，不知從哪裡栽下來——附近沒有日本航空母艦也沒有基地——就那麼一架迷航的零式戰機，像一滴雨滴從深藍的天空墜落，一路旋轉掉向甲板，如此貼近，在未造成損傷地掉進船尾外圍之前，歐仁甚至可以看見兩側機翼上的紅太陽——一隻供做魚糧的鶚。

「爹？」

但無論你如何界定麻煩，這次無疑都得算數。他眞是碰到屎了。而且不像在甲板上的那個早晨。這次他就是那架迷航的飛機，迴旋墜落而且一路冒煙。歐仁換低速檔。賓士車的歪斜車頭燈兩相交會，交叉照亮前方。在車子兩側，黑暗的樹林垂覆在狹隘的道路上方，車頭燈使道路看似一條松林隧道。再沒多遠了，歐仁想。傅雷特已經在那裡，在調解紛爭。他希望。

「爹？」

歐仁瞧一眼孩子，孩子的腳懸在椅凳外，和他鋪在那裡，避免彈簧突出破敗椅墊皮面的粗糙印地安蓋毯的邊緣之外。麥可六歲大，在三個孩子之中排行第二，是唯一的男生，而且是歐仁離婚後唯一撫養的孩子。那是他律師的建議：如果不想付那麼多贍養費，他必須接養一個孩子。所以他撫養這個男孩。「是？」

孩子的頭歪向一邊。「我們住在水中嗎？」

歐仁深吸一口菸。「什麼？」

「我們住在水中嗎？」

「你這話什麼意思？」

「我們住在水中嗎？」

「我不……我不知道你這話是什麼意思。」

「我是說，我們是住在水中嗎？」

「你的意思是說，像在雨中還是什麼的嗎？或者是在海裡面嗎？」

男孩瞪著他。

「我不……」歐仁灌一口啤酒，「你的意思是不是說，我們能不能住在水中？」

「不是。我們是不是住在水中？」

空地倏忽出現在歐仁眼前，他減緩車速，來到狹窄鄉間道路的交叉口，這裡除了四邊像牆壁一樣黑壓壓的樹林，什麼也沒有，傅雷特的客棧立在這片空地的中央，一棟大型的一層樓矮建築，沒有窗戶，而且有一面粗短的招牌寫著：「二橋」。一顆孤零零的燈泡向後照著店招，各種夜蟲在昏暗的燈光裡狂亂飛撲。歐仁把賓士駛進停車場，橡膠輪胎在石礫上碾出咯啦咯啦的聲響。

他吸一口氣。「聽著。我得進去那個地方一下。」

外頭另外停了五輛車，包括傅雷特的雪佛萊，和拉爾夫．班南開的那輛紅色雞歪凱迪拉克。好吧。傅雷特一定在裡面和班南喬事情了，正在想方設法做出某種安排。那天稍早，歐仁和小孩曾經開車去傅雷特那間能俯望湖景的新房子，趁孩子在傅雷特的地下室閒晃的時候，歐仁說明他這次如何捅了蜂窩，他如何染指這個傢伙的娼妓老婆，以及如何有一次在酒醉的時候，她無意中提及自家老公在房子裡裝了一只保險箱。歐仁當下猜測，保險箱的密碼組合一定就是這個老婆的生日。他只拿了一點點錢，但是這傢伙顯然每晚都會清點，他把老婆屈打成招，說出歐仁曾經造訪。歐仁說這個故事的整段期間，傅雷特只是死瞪著他，直到最後才說，是什麼傢伙啊，歐仁？然後當歐仁告訴他，是拉爾夫．班南以後，傅雷特僅一味地搖頭。班南在愛達荷走廊區這一帶的半數俱樂部，包括二橋客棧，收集賭注和拉皮條。在一番嘶吼之後，傅雷特提議自己先單獨去客棧和班南談，等他把事情喬好，歐仁再過來。所以歐仁在傅雷特的家裡坐了一個鐘頭，同時小孩子在地下室玩耍。現在，他們人到了。

歐仁深吸一口菸，又瞪著孩子——像他母親一樣的金髮，圓臉，和大而鬆垂的睫毛。他看起來多麼像她啊。歐仁納悶自己爲什麼會這麼喜歡這個孩子。

「乖乖坐著，」歐仁說：「我得去見這個傢伙。不要離開車子。聽到了嗎？」

男孩一臉期待的瞪著他，彷彿在等待某個問題的答案，就在這時，歐仁想起來，男孩曾經問他一個問題。「聽著，我之前不知道你在說什麼，麥可，」他說：「你的意思是不是說，我們能不能在水中呼吸？」

「不是。」男孩說，簡單明白，就好像只是在討一個三明治吃。「我．們．是．不．是．住．在．水中？」

歐仁又深吸一口菸。然後，他令自己也吃一驚的縱聲大笑。

## 1992

數字喀哩一聲停下來，油箱滿了，麥可把加油管管嘴放回原位，把出租車的油箱孔蓋扭回去。他很想來一根香菸。他所能做的，就是克制自己不要走進便利商店去買一包。已經戒兩年了，卻仍然……或許這個想要的感覺永遠都會在。他發動引擎，把車拉回高速公路，柏油路上突起一坨坨的緩衝裝置。這一帶開發的程度超乎他的想像，沿路都是商家，一個度假社區的襤褸外圍：酒館、小雜貨店、修車廠、西部馬靴店、鋸木廠、廢車回收場，還有幾處不錯的活動房屋公園。從新聞報導看來，他想像這裡是一個比較偏僻的所在，樹林茂密，烏漆漆一片，不是像眼前這樣的小型商業文明。

當地人稱呼這個地區為「二橋」，這個無組織的商業地帶，連接湖的北岸和東岸——到處是餐廳和禮品店，還有在最繁忙的角落上，坐落著麥可來訪的目的地，這個地區最古老的店家：「二橋飯店暨渡假村」。

渡假村是由三棟較新的建築所組成：位於前方的西部主題餐廳和酒廊，嵌有假馬車車輪的窗戶；一家販賣漂流木和印地安藝品的雜貨店；以及位於後方的旅館，一棟八層樓高，三面式的賭城維加斯風格大結構體，有一面招牌宣稱：「湖景房間！」

麥可下了車，拎起公事包，經過餐廳，走下一條兩邊鋪有景觀草皮的人行步道，向旅館的前門走去。櫃檯職員帶他爬上能俯瞰旅館大廳的辦公室，辦公室就直接位在櫃檯上方的夾層樓。幾分鐘以後，一名女子走進房間，三十五歲左右，矮矮胖胖，深色頭髮，胸脯渾圓，自我介紹是艾莉・傅雷特。就是他之前在電話上交談過的女子。「你就是從舊金山來，想要談有關令尊的事的那位律師嗎？」

「是的。」他伸出手。「我叫麥可・皮爾斯。」然後他忽然想到，他還沒有真正思考過要從哪裡開始，或者一旦開始以後，要往哪個方向追究。他伸手到公事包裡，拿出位於湖對岸州界另

一邊的斯波坎報社剪輯服務處爲他找的新聞報導，一則發表於四年前的新聞：「具有歷史意義的二橋渡假村即將擴張」。報導是有關整體的建造計畫，但同時也提到該渡假村在湖這一帶開始發展以前，曾經做爲客棧和賭窟與妓窯的歷史。麥可把新聞故事遞過去時，看見自己的手在發抖。

艾莉·傅雷特似乎沒有留意。她接過來，然後指指他肩膀後面，同樣的一篇報導，經過護貝、裝框，掛在他後面的牆壁上，那裡還有幾張其他的剪報。麥可沒料到這件事會這麼困難。

「家母兩年前過世，」麥可說：「她撫養我的姊妹和我。我們從來都不認識自己的父親。那是我們向來不談論的話題。我們沒有照片，什麼也沒有。我十歲的時候，她再婚。一個好人，我的繼父。史恩·皮爾斯。」他補充道，解釋他的姓氏的來源。而這一切即使都是眞的，似乎也和這場造訪的重點無關，他用手指搓了搓眉毛，這段似屬私密的資訊所帶給他的斷裂感，令他感到困惑。「家母過世後，我姊姊在她的遺物中發現這張紙條。」麥可遞給她一張褪色的黃色紙張，上面寫滿了用印刷體寫的小字，就好像一個害羞的小孩寫的字條。

凱蒂，抱歉，我畢竟無法照顧兒子。我捲入一些麻煩。誠如你所說。他是個好孩子。告訴他我這樣說。告訴他，他想要做什麼都可以。

歐仁

我會回來的，等我有辦法的時候。

艾莉看著紙條，沒有抬頭。「這個人是你父親嗎？」

「歐仁．迪森斯。」麥可說。她對這個名字沒有任何反應。

艾莉把紙張翻過來。在狹長紙條的另一面上，蓋著淺藍色的印章，上面有「二橋」兩字，同時，順著左手邊一路下來的空欄裡，印有數字一到十五。

「這是簽賭單。」艾莉說。她揚起一邊嘴角，「我小時候，常常在家裡看到這些單子。」

她像看見家傳老照片一樣地瞪著紙條。然後笑了起來。「早年，在所有金錢湧進這個山谷以前，大家會來這邊賭運動彩。賽事會寫在黑板上，這些號碼就是對應黑板上的每一場比賽。」艾莉對著回憶微笑，然後再低頭看簽賭單。「我會回來的。」她唸道。

「等我有辦法的時候。」麥可把句子唸完。

「我猜他沒有回來。」

「沒有。」麥可說。在這一切之外還有另一部分故事，是關於他自己離婚的事，但是麥可不知道要如何說那一部分的故事。「我很訝異家父說他畢竟無法照顧我。」反之他說：「家母從來沒有提起我和他住過。史恩，我的繼父，說家母唯一提過有關歐仁的事，就只說他是個賭徒兼酒鬼，在我六歲的時候不知去向。她聽說他去跑船，並且猜想他可能染上梅毒死在某個地方。」

艾莉瞪著他的樣子，讓麥可覺得自己好像赤身裸體。

「但是，」麥可說：「當然，當我發現有關這個地方的新聞報導時……」他沒把話說完，心中納悶，當然……什麼？他指望在這裡找到他父親嗎？

艾莉又回去看那張簽賭單。「聽著。我有一個非出席不可的會議。有一場我們想爭取舉辦的大會。但是……你想要和我爹談談嗎？」

「妳爹？」

「提姆．傅雷特。他在五〇年代從原屋主那裡買下這個地方，大約就是在你所說的那個年代。他的健康狀況不是很好，但是心智仍然很敏銳。也許他會記得你父親。」

他們約好一個小時以後再碰面。麥可離開她的辦公室，搭電梯到旅館的八樓，站在走道上往外看。從頂樓，他可以看見遠處的湖面，和兩條高速公路以九十度直角分道揚鑣，沿著湖岸行走，然後消失進視線朦朧的商業發展區。

正如之前所想的，這不是他所預期的樣貌，而話說回來，如果他對這個地方有任何預期，似乎也是一件怪事。也許是因爲那篇新聞報導吧，因爲該報導對這地方的黑暗歷史多所描繪：西部惡棍、賭徒，以及娼妓。還有歐仁的紙條：我捲入一些麻煩。是不是這樣就足以引燃他的想像呢？那麼他所看到的其他東西，例如牛仔靴、印地安織毯，還有明亮耀眼的樓牆，又要怎麼說？

在頂樓，麥可發現他的手機又收得到訊號了，於是他接聽崔西的一條新留言：「我知道你去愛達荷。我只是要告訴你，我把梅根的《保母俱樂部》童書留在客廳的嵌裝櫃子裡，」然後她稍作停頓，「她擔心去你家的時候，會沒書可讀。」你家兩字，狠踢了麥可的胃部一腳。他聽得出來，崔西也心有所感。這條留言，她聽起來有所減省，欲語還休。「希望你找到你要找的東西，麥可。」

他按鈕刪除留言，但就在她的聲音逐漸消逝之時，崔西又說：「噢，還有一件事……」但是訊號就斷了。他打電話給她，但是沒有人接。

他和艾莉在旅館大廳碰面。「你可以搭我的車。」她說，並且沒讓他有機會回答就開步往前門走去。她穿著一件柔軟的黑皮外套，就在跟著她走去停車場時，麥可不安地扭動身軀。多年來他對崔西一直不忠，也許這只是他的慣性反應，罪惡感。

「這整個區域和三十年前大不相同。」他們駛離渡假村時，艾莉說：「我出生的時候，整個湖的這一邊就只有兩間小木屋。現在，這一大片就像同個建案產生的大量成屋。離湖一哩遠的二手屋，要價四十萬。我們停著噴農藥小飛機的飛機場，停滿了私人噴射機。」她故作神祕的說了幾個名人的名字，是和麥可在他的搜尋中讀到的相同名字，幾乎就好像這些名字本身，已經成了本地的旅遊亮點了。

他們駛離交叉路口，開下南向的四線道高速公路，路經一家印地安賭場，賭場的停車場停滿了車輛。「那時湖的這邊都是樹林，」她說：「是未開發的一邊。」麥可想告訴她，那就是他對這個地方的想像。但是有什麼意義嗎？「我爹告訴我一些相當狂野的故事。」她說：「三十年的變化竟能如此驚人。」

他最近也有這樣的想法——他跟一個曾參與第二次世界大戰，並且在荒郊野店賭博過的父親，感覺竟會如此隔閡。「我記得有一次從太浩湖開車出來，」麥可說：「穿過唐納山口時，心裡想，不過幾個世代以前，那個小所在還是個難以通行的地點，過路者不得不像野獸一樣爬行。而現在，我可以就這樣……疾駛而過。就像任何一段高速公路一樣。」

他們又開了幾哩路，然後順著一條沿湖岸山丘蜿蜒而下的車道駛去。艾莉緩緩駛過以航海主題爲點綴的可愛招牌，和許多小木屋與金字頂式房舍上方層層疊疊的信箱。

「我爹在五五年的時候，在湖的這邊建立起第一棟小木屋。」艾莉說。她轉出道路，然後他們繞過一顆巨大的岩石，來到一棟低調的木造建築後方，建築的窗戶對著湖水，並且有階梯通下岩岸。麥可有一種看見自己想像中的景物的怪異感覺。「謝謝，勞駕妳了。」他說。

艾莉關掉車子的引擎，注視著房子。「家父的那個年代令我著迷。」她說：「很難把他所說的故事，和他現在這個窩心、天眞的人，聯想在一起。」她打開她那邊的車門，然後暫停下來。「噢。在我們進去以前……有一件有關我爹的事，你應該先知道。如果沒有心理準備，你可能會感覺不太愉快。」

# 1958

班南賞他巴掌，就彷彿他是個該死的女人。歐仁・迪森斯被打得一翻身，撞上賭桌，兩頰刺痛。他七手八腳往後躲，鑽進桌子底下，背靠著粗糙的杉木牆。班南向他逼近過來，他舉起雙手。

「等等，等等。先聽我說——」

「噢。他要我聽他說。」班南轉過頭，對肩膀後面那群緊張失笑的人說。除了平常跟著班南的那幾名嘍囉，那地方幾乎騰空了，那票人只要有彼此可以壯膽，個個都成了硬漢。周圍黑漆漆的，所有的燈火都熄滅了，除了吧檯後面的那盞。班南的厚下巴咬牙切齒，白髮絲脫離整齊的髮際線，落在眼睛的前方。「你相信這傢伙嗎？膽敢偷我的，現在還要我聽他說。你相信這狗娘養的嗎？」

歐仁抬眼看站在賭桌旁的傅雷特，傅雷特的肩膀往下垂了幾度。他手裡把玩著幾顆籌碼，瞪著自己的鞋子。歐仁愚蠢的相信，傅雷特能夠幫他把事情喬好，能替他向拉爾夫．班南求情。現在歐仁看出來，傅雷特根本沒辦法。他並不眞的怪他。傅雷特根本沒有幫他情商的本錢。他擁有這家客棧，但是簽賭的生意是班南在經營，賄賂警長的人也是他，而且把妓女從華勒斯帶上來，並且負責跟沒付錢的傢伙算帳的，也是班南。歐仁以爲透過傅雷特，他可以跟賭場求情，但是一直以來，班南就是賭場。再說，他搞的就是班南的前娼妓老婆，他偷的也正是班南的保險箱。他記得傅雷特老愛說：這裡只有三種麻煩事，金錢、女人，和拉爾夫．班南。而我偏偏賭中了同注三馬正連贏，歐仁想。

他開始倚靠著杉木牆把自己從地上拉起來，然後感覺銳利的一腳往他身側踢過來，把他騰空一舉，再重重摔到地板上。是一隻牛仔靴。歐仁想，可能把他的肋骨踢斷了。當有辦法睜開眼睛時，他抬頭看見羅特雷吉糾結成一團的臉孔。羅特雷吉，不到三星期前才和他開車去路易斯頓釣硬頭鱒。老天爺。有夠慘。這群傢伙，五個人，包括班南和傅雷特，圍著他站成一圈，一群狗。歐仁咻咻的喘息。

「所以我要怎麼辦？」班南問。他環顧那一圈人，每張臉都陰沉沉，眼睛因房間昏暗的燈光而闇黑，而且所有人的鬍碴都烏嘛嘛的。「你說呢，提姆？對這種傢伙，你要怎麼辦？」

提姆．傅雷特和歐仁同年，三十三歲，他們的生日才差兩個月。歐仁納悶爲什麼這個念頭會在此時來到他心中，也許是因爲這是他們倆唯一的近似之處。除此之外，他們沒有一樣相同。提姆是本地人，在他爹的鋸木廠長大，住在離他出生地僅一哩遠的地方。歐仁從他的原居地蒙大拿流浪到此，戰後他沿著高架鐵路線遊歷，進入愛達荷走廊區和華盛頓州。提姆屬於拓荒安居者型，用從他老子那裡繼承來的錢，買下這間客棧，並且在湖邊建造起自己的家。歐仁無論如何就是定不下來，即使有一個像凱蒂這麼完美的女伴。他老是缺錢，老是丟了工作，老是惹麻煩上身。歐仁納悶他是否有辦法成爲一個像提姆．傅雷特那樣的傢伙，活在水面之上，而不是老沉沒在底下。

「眞是的，拉爾夫。我不知道耶。」傅雷特說。他自己也算是個大塊頭，赤色的捲曲短髮緊貼著頭頂，面頰和頸子長年紅通通的。但是他沒有班南那麼大塊，後者的胸膛隨著呼吸上下起伏。

「少來。得了吧，提姆。告訴我啊，」班南環顧四周，「這是你的地盤耶。你要怎麼對付這個搞你的老婆，然後趁機偷你的錢的傢伙？」

歐仁沒膽更正他。在班南幫她贖身以前，她是班南轄下一名比較體貼人意的妓女，而把她搞上手，一直就是重點所在。保險箱只是事後臨時起意。不對，他只拿了班南一點點錢，但是那個人的妻子，他可是每一吋都享受到了。

傅雷特和歐仁四目相接，然後把視線轉開。「既然他已經自行負荊請罪，要我，就揍他一頓算了，」傅雷特低聲說：「也許給他斷個手腳什麼的。」他再度看一眼歐仁，似乎想讓他知道，這已經是他所能做的最好結果了。「然後他會從此離這裡遠遠的，不但你再也不會看到他，你也從此不會再聽到他的名字。」

所以，戲碼就是如此。歐仁看出來，這就是傅雷特所能爲他美言的極限了。在這樣的時刻，透過斷裂肋骨的疼痛吸下一口氣，顏面似火般灼燒，舉眼注視著拉爾夫·班南，歐仁的內心是感激的。

「我不知道耶。」班南說，話回得太快了，歐仁全身都發涼了。「我想那樣對我不夠，提姆。我知道這坨屎是你的朋友，但是那樣……那樣對我就是說不過去唄。」

歐仁就是在這個時候行動的。他採取行動的方式，就和他在打撲克牌時採取的行動一樣，全然沒有經過考量，直到出手時自己才意識到，他從來不看自己手上的牌，等到輪到要下注時他才會看，因爲，如果連他自己都不知道他有什麼牌，那麼，其他也沒有什麼人能夠從他的表情中讀出他有什麼牌呀。他縱身一跳，抓起賭桌的桌腳，把桌子擋在他和班南中間。然後，他必須在那圈半圓當中找到一個攻擊點。傅雷特，毋庸說。那是唯一的戲碼，而傅雷特似乎也明白。歐仁用他的肩膀，全力往他朋友的胸膛撞去，對方躲開來，踉蹌後退，撞到後方的二十一點牌桌。羅特雷吉伸手想要抓他，但是歐仁一旋身奪門而出。外面很冷。他是從後門出來的，和停車場相反方向，他盡所能的快跑，也盡所能地壓低身子，衝進樹林。起初他無法確知是否有人跟在後面，但稍後他可以聽見人聲和灌木碎裂的聲音。

他們在追尋他。歐仁像動物一樣的奔跑，連爬帶跳，幾乎手腳並用。他的肺像火在燒。他絆到了什麼東西，刮傷了自己，但幾乎沒有慢下腳步。樹枝打到他。這樹林如此黑暗，眼睛適應以後，他幾乎無法相信自己竟沒有撞上一棵樹。周圍林相如此茂密，他就像小孩子衝破一群——噢，糟了。

歐仁驟然停下腳步，氣喘如牛。

眞該死！他回望肩膀後方。那天稍早，他帶麥可去傅雷特家，那是一回事。但是把一個六歲小孩帶來二橋——他在想什麼啊？他沒有在想，那就是問題所在。他大可以把孩子送去凱蒂那邊過夜。傅雷特甚至建議把麥可留在他家，待在地下室裡。「你瞧他多愛那些魚，」傅雷特當時說：「他會沒事的。」

也許傅雷特會發現孩子，並且把他帶回家。即使是班南，混蛋如他，應該也不會把大人的帳算在小孩子頭上吧。會嗎？歐仁必須持續移動。往南逃，走高速公路，去海登。也許偷一輛車。

他又開始奔跑，但是腎上腺素已經在消退，而且斷裂的肋骨隨著每一口呼吸刺痛著他。他看見山邊有一處窪縫，也可以聽見水流潺潺。他跑下去，發現有一條舊伐木道路切進樹林，上面有兩條模糊的輪胎軌跡。在道路穿過溪流的地方，他們裝置了一個涵洞，一個瓦楞狀的圓筒，剛好可容一個人爬過去。歐仁跳下溪床，水不深，他鑽進涵洞。只有一點點水流。他可以在這裡待到天亮。

他回想自己逃跑這件事，感到有些自豪。這對他來說，似乎是件大事，有若史詩一般，是可以讓人傳頌多年的那種故事。他搞了班南的妻子，而且輕易脫逃。那種故事會永遠附著在一個男人身上。

那是說，等有人發現了以後。周圍一片漆黑，歐仁閉上眼睛。

他再度想像兒子坐在車子裡。不要動，要進去裡面處理事情時，他曾經這樣告訴孩子。那個孩子不會亂動。自從離婚手續正式完成以來，歐仁才照顧麥可三個月，但他眞是一個好孩子。囑咐他做什麼，他就做什麼，而且大多數時間都坐在歐仁在科達倫租賃的公寓裡，往外瞪著街上的車流，彷彿那是一架他媽的電視機。狗屎，孩子可能會永遠坐在那輛車子裡。從傅雷特家過來這邊的路上，他問了一個什麼瘋狂的問題啊？關於水的。蹲坐在涵洞裡的歐仁兀自笑起來，冰冷的溪水繞流過他的橡膠靴子。

所以，如果傅雷特沒發現孩子在車子裡怎麼辦？如果他們把整夜的時間都花在找歐仁呢？麥可會整晚坐在那裡。這邊外頭很冷。萬一麥可出來找他怎麼辦？他想像班南抓著他的孩子，歐仁覺得有某種熱熱的東西從他的咽喉升上來。也許班南會把帳算在兒子身上。或者班南只是挾持他，直到歐仁現身。

他無法停止腦中的想法，那就像另一根斷裂的肋骨。

他們永遠沒有預期他會回去。他告訴自己這點，但這只是愚蠢的自我辯解。

他不會回去，因爲這樣才聰明。

他會回去，因爲兒子。

狗娘養的，這沒道理，歐仁心裡想，就在斜身把自己移出涵洞時，他又想起那架日本飛機，突然莫名從天空掉出來的樣子。

# 1992

提姆．傅雷特像隻擱淺的鯨魚，躺在龐大的褐色皮沙發上，在一間俯望湖景的房間裡，他正在看豎立在壁爐前方的大螢幕電視。很難判斷沙發是到哪裡結束，而這位老鰥夫是從哪裡開始。正如他的女兒艾莉在外頭解釋過的，他真的是一團糟——這是失控的糖尿病，和一場差點奪去他性命的鏈球菌感染的結果。他失去左腿的膝蓋以下、右腳，以及左手三根指頭的部分，而且在厚重的眼鏡之下，左眼還戴著眼罩。但那並不表示就沒有多少提姆．傅雷特剩下來：山麓般碩大的腿臀，往上爬升到沾滿灰色大粒汗珠的圓滾滾腹部，赤裸的臂膀在灰撲撲的皮膚底下凹凸起皺，再起伏到又厚又紅而且層層疊疊的頸部和胸膛。他的喘息像兩個男人在打呼。他的頭髮是赤色的，又短又捲，和他頭、頸色彩斑駁的皮膚很難區分。他的目光從電視舉起來，臉上露出笑容。

「嗨，是妳啊，甜心。」他對他女兒說。

艾莉向他介紹麥可，麥可環顧這棟木屋的主要房間。三片大窗戶眺望著湖灣。牆壁是由切半的原木築成，很粗獷，像一間狩獵小屋，標本魚和家庭照片占滿牆面。沙發旁邊有一個看起來很堅固的大型活動廁所，另一邊則有一個學校宿舍型冰箱。艾莉和麥可在他對面一對相匹配的活動躺椅坐下。

「請原諒我的外觀，」提姆．傅雷特說：「我正在把我的身體捐獻給科學研究。一次一小部分。」

艾莉露出微笑。麥可納悶這個笑話她聽過多少次了。

「護士今天下午來過了嗎，爹？」

「她是護士嗎？」提姆．傅雷特問，同時眼睛看著麥可的反應。「欸，難怪。我以爲她只是一個極度乾淨的妓女。」

等傅雷特笑完了，趁有一段間歇的時刻，麥可伸手到公事包裡拿出那篇新聞報導和那張簽賭單。艾莉注視著他。「爹，」她說，同時身體靠向前去，「麥可想打聽關於他父親的消息。」然後她把故事說明一番：麥可的母親如何在一年前過世，他在三個孩子之中排第二，甚至包括他父親的姓名。「你認識這個人嗎，歐仁．迪森斯？」

提姆．傅雷特的視線射向麥可。失去一些指頭的那隻手恍若自動自發地舉起，摩娑著這位大塊頭人物的下巴。「你是歐仁的兒子？」他的目光流過麥可，望出去窗外的湖景。「天老爺。眞不敢相信。歐仁．迪森斯的兒子。」

麥可站起來，把簽賭單遞給他。傅雷特用完好的那隻手接過來，那隻手因爲使力而顫抖。「我不知道多久沒見過這些……」他話沒說完，便把簽賭單翻過來，讀後面寫的字。「耶穌基督。」他說。他再度注視著麥可。「歐仁．迪森斯。耶穌基督。我眞不敢相信你會在這裡。」

「你知道他發生了什麼事嗎？」麥可問。

傅雷特抬起頭，他的眼光朦朧。「不太清楚。」經過一段很長的靜默以後，他回答。「他離開這裡以後，就不清楚了。發生了一些麻煩事。他寫這張條子的那晚。」他的皮膚泛紅起來。「歐仁從一個女的和她丈夫那裡拿走一些錢。他跑來這裡找我調解，但是他欠錢的那個男的，是個難搞的傢伙。」他望向艾莉。「我跟你提過拉爾夫．班南嗎，蜜糖？」

艾莉搖頭。「我想沒有。」

「大塊頭的老傢伙。個頭甚至比我大。背部看起來像座該死的穀倉。我最後一次看見你爹，」傅雷特說：「就是那晚。班南那種傢伙，要是你惹了他，就別想繼續在這個鎮上待下去。」

傅雷特瞪視著外面的湖水。「他攆走你爹。」

「我父親欠他錢的這個傢伙，」麥可說：「他還在世嗎？」

「拉爾夫？」傅雷特皺起眉頭。「不在了。沒多久以後，班南的老婆就用他自個兒的球棒把他給解決了，大概隔六個月吧。那個狗娘養的流血過多致死。花了一整夜時間才斷氣。他對她拳腳相向很多年了。因爲打死他，她只坐了兩年牢，即使她棒擊他四次，而且經過好幾個小時都沒通報任何人。耶穌基督，他可是個大塊頭哪。我很驚訝沒花那根球棒超過十下。」

「至於家父，你知道他跑去哪裡了嗎？」

傅雷特瞪視著外面的湖水，面露微笑，起初麥可以爲他沒聽到問題。但是他清了清喉嚨，回答說：「他說他要去西雅圖趕一艘船。海商號。」

然後傅雷特笑了笑。「你父親以前常談他在海軍見識過的地方。各處島嶼。澳洲，還有，不知道。薩摩亞吧。除了華盛頓州和蒙大拿州，我哪兒也沒去過，所以對我而言，他就像在談火星。

但是他離開以後，我總想像他是住在那些島嶼當中的一個，和黑皮膚的姑娘睡覺，玩撲克牌詐騙當地人。」

他們又說了一會兒話，但是傅雷特似乎不記得其他事情了。等大家都安靜下來，艾莉提議要帶麥可四處逛逛。他們走出去外面，步下屋外的木造階梯，階梯扶欄看起來亟需上色。湖水靜靜地拍打石堤，浮塢隨著水波輕輕的上下搖動。

「抱歉他無法再幫你更多忙。」艾莉說。

「沒關係，」麥可說：「至少他認識他。」

「你現在要怎麼辦？」

「我想我會去西雅圖，看他們那邊有沒有保存海商號的紀錄。」

艾莉凝視著他。「我可以問你一件事嗎？」

麥可說可以。

「你說你過去這四個月都在找你父親。」

「是的。」

「但是你說你母親在一年前過世。所以，四個月之前發生了什麼事？」

麥可垂下頭，並且微笑。「我太太和我分手了。」

短暫的沉默之後，艾莉說：「我很抱歉。」

麥可聳聳肩。那眞是一個怪異的句子——我太太和我分手了——如此的實事求是，也如此的不具永久性，聽起來和我太太和我買了一間房子，或我太太和我參加了一支壘球隊，沒有什麼區別。所以，眞相是什麼？他拋棄了自己的人生嗎？他自我毀滅，並且把他媽的一切都丟諸腦後嗎？他女兒擔心在他家沒有書可以念嗎？麥可瞪著自己的手。「有一個洞破開來。」

「什麼？」她問。

他很驚訝自己說話了。「沒什麼。」他說。但是他繼續思考完心中的念頭：有一個洞破開來，然後他必須知道裡面有什麼。所以他挖了又挖，挖了又挖，直到洞變得非常大，然後所有的東西都……掉進去，他、他的妻子、他的小孩，以及這個他們在洞口邊緣建立的，脆弱的人生。那就是爲什麼他會在這裡，因爲他開始好奇，也許他父親並沒有掉進這個相同的洞裡——

波浪捲過湖水的表面。

麥可放眼湖岸，搖晃的船塢，和靠著木樁載浮載沉的滑水船。「這裡滿好的。」他說。

「很安靜。」她說，彷彿好和安靜是相同的事。

他們從地下室回到屋內，就在要走上樓梯時，麥可的目光被緊鄰樓梯旁邊的一間房間給吸引住。他推開通往一間小臥房的門。一座有一面牆壁那麼長的空魚缸立在那兒，那是一座八呎長的大水族箱，像一具棺材。水都被放光了，水缸裡只剩下一只鋼絲刷、一個唧筒、一些假海藻，和一隻瓷製小烏龜。麥可在門口站一會兒，然後踏進房間，除了一張床、一個梳妝臺，和這座與牆壁等長的魚缸，裡面空空如也。他走上去，把手按在冰冷的玻璃上。

「我小時候，這裡是我的房間。」艾莉邊說，邊環視房間。

「以前有亮光。」麥可低聲說，他的手按著玻璃。

「魚缸裡嗎？是啊。」

「藍色的光。」他說。

「我出生以前，爹就把魚缸放在這裡了。他喜歡魚。」她笑起來。「我總以爲，光線使魚看起來像鬼魅，但是我不忍心告訴他，這座魚缸有多令我害怕。你一定也有一座吧。」

一股逐漸在消退的電流，似乎把麥可連接上這片玻璃，一抹逐漸在死亡的記憶，就在他正好想起的那一刻也同步融解，就好像他從一場夢中醒來，試圖在夢境逐漸遠去的早上，重新追究那場夢的內容（魚悠游在藍色的……）

然後，就不見了，無論那是什麼——白日夢、記憶，或心理惡作劇—於是麥可．皮爾斯任由他的手從玻璃滑落。他記得崔西在留言中說，梅根留了幾本書在架子上，在那一刻，他最想做的，就是回家，並且伸手觸摸那些小書的書脊。

「沒有，」他對艾莉說：「我沒有這種魚缸。」

他們回到樓上。提姆．傅雷特正在把玩遙控器，不斷轉換電視頻道。他沒有抬頭。

麥可把他的名片擺在老人身旁的小茶几上。「如果你碰巧再想起任何有關家父的事。」

「我說過了。他去西雅圖跑船出海了。」

「不是，我只是想說……如果你再想起其他任何——」

提姆．傅雷特的目光驟然從電視轉而射向麥可，再射向窗戶。「我告訴你了，」他口氣尖銳的說：「他跑該死的船去了！」

「爹！」艾莉喝斥。然後她轉向麥可：「抱歉。他累了。」

「沒關係。」麥可說。他追隨老人的目光望向窗戶，再望出去黑暗、沉靜的湖水。湖面下存在著完整的世界。或許你看不見那底下，麥可想，但是有一部分的你是明白的。

## 1958

他們沉默的駛向傅雷特的家。班南開著他的凱迪拉克，獨自坐在前座。歐仁坐在後座，努力不要太用力呼吸。他的兩側各坐著羅特雷吉和另外一個傢伙，貝克，他跟他幾乎不相識。

通往傅雷特的小木屋的道路，不比樹林中的輪胎軌跡寬多少。他們來到屋前，燈火亮著，在湖面投映出白色的光點。

返回客棧的路上，歐仁撞見那三個傢伙，他高舉雙手踏出樹林，跟他們求情，解釋說，他的孩子在車子裡。班南告訴他，傅雷特已經把他的孩子帶回湖邊的屋子了，這時歐仁想，他其實可以留在樹林裡不出來的。他們又揍了他幾回，才把他拖上車。

貝克和羅特雷吉抓著歐仁的臂膀，把他拉下車。他的頭垂在胸膛上。

傅雷特從屋子裡出來，一臉憂慮。他逃避歐仁的視線。

「麥可在哪兒？」歐仁問。

「在樓下。」傅雷特說，連看都沒看他。「他很好。」

「聽著。我需要你帶他回家，提姆。」歐仁說：「帶他去凱蒂那裡。你可以幫我做這件事嗎？」

「歐仁。」傅雷特欲言又止。

「行吧。我不要他看見這一幕。」

傅雷特考慮一下這個請求。他把班南拉到屋子的邊緣，站在露臺的燈光下，並且轉過身去背對著歐仁。他快速地說個不停，兩手頻頻比劃。班南似乎只聆聽不發言。

「我知道我馬上又要被揍一頓，」歐仁對羅特雷吉和貝克低聲說，他們倆抓著他的臂膀，「但是不要讓他殺死我。好嗎？我的意思是……如果情況開始看起來不妙——」

但是他沒說完，他們也沒有任何回應。歐仁深吸一口氣，感覺好像身側又挨了一腳。「老天。你的靴子是磨利過的嗎，羅特雷吉？」

「抱歉，歐仁。」他說。

班南和傅雷特回來了。「你有兩分鐘的時間見你孩子。」班南說。

仍然在貝克和羅特雷吉的挾持之下，歐仁尾隨傅雷特進入屋子，步下樓梯，進去右邊的那間臥房。兒子在那裡，凝視著傅雷特的巨大水族箱，熱帶魚在藍色的亮光裡游來游去，一尾四方頭有觸鬚的大魚探索著玻璃，一尾瘦巴巴有金色紋理和一尾矯健的小黃魚在假岩石之間進進出出。麥可貼得很近，他的鼻子幾乎要碰到玻璃，而且他的臉和魚兒一樣藍，他看那些魚游來游去的樣子，就和他在歐仁的公寓裡看窗外的車流一樣，也和他在車子裡看歐仁，以及看車外的世界時一樣。就是在這個時候，歐仁懂了。

**我們住在水中嗎？**

他注視著魚游到牠的藍色世界的盡頭，看不見，也毫無感受，轉個身，迴游回去，等再碰到另一面牆時，又轉個身，再迴游回去，如此不斷不斷的重複。裡面看起來甚至不像有水，如此的清澈湛藍。那些該死的魚只是不斷地重複牠的迴游路程，彷彿相信有那麼一天，玻璃會突然消失，然後牠就可以悠游出去，海闊天空。

歐仁把手放在孩子的肩膀上。

麥可轉過身來。

「我們和魚不一樣，麥可，」歐仁說：「你可以想做什麼就做什麼。」

孩子回頭看魚缸。

歐仁轉向傅雷特。他覺得喉頭緊起來。「你可以幫忙帶張紙條給凱蒂嗎？」

傅雷特點點頭，並且交給他一張簽賭單和一枝筆。歐仁集中精神在紙條上。他小心翼翼地寫。簽了名，然後想到還有一句話要說：「我會回來的，等我有辦法的時候。」這句話給他帶來某種勇氣。他寫完紙條，把它交給傅雷特，傅雷特不願直視他的眼睛。

「聽著，」歐仁對傅雷特說：「如果這事不能善了，我去西雅圖跑船了。」

「歐仁，」傅雷特說：「如果還有什麼我可以……」

「不。聽我說，」歐仁說，他的聲音震顫起來，「我跑船去了。任何人問起，就說我去西雅圖跑船。好嗎？」

最後，傅雷特點點頭。

他們回到樓上，傅雷特和男孩在前，他、貝克，和羅特雷吉在後。如果他想要再逃，這大概是他最好的機會。但是歐仁知道，他必須先看著兒子安然上車。

班南在抽菸。天哪，他眞想要那根菸。但是歐仁一出來，班南就把香菸拋掉。傅雷特打開雪佛萊前座那邊的車門，男孩爬進去。男孩望著窗外的歐仁，輕輕地揮了揮手。歐仁的下巴微微顫抖，但是他又覺得勇敢起來了，就彷彿班南碰不了他的一根寒毛。歐仁也揮手回應，那些傢伙緊靠他站著，但是沒有抓他的臂膀，試圖使情況看起來好像輕鬆自在。

他注視著傅雷特的車往後退，轉個彎，然後開下道路。那幾隻手再度攫住歐仁的臂膀，同時班南走去他車子的後行李廂。當那個大塊頭帶著一根球棒回來時，歐仁的頭垂到了胸膛。在那當下，他繃緊全身，但是他也知道結果將會如何。

羅特雷吉和貝克加緊他們的抓攫力，歐仁的腳摩擦著塵土車道。他可以看見曙光正要從湖上的山麓破雲而出，但是班南不可能等待。第一棒擊中他的下腰背，使他的身體往前一折。歐仁一口氣喘不過來，感覺臀部有什麼東西塌掉了。抓住他的那幾隻手放開來，他整個人摔倒在地，手爪努力要扒回一口氣。他閉上眼睛，試圖找到某樣可以讓他的心眼專注的東西。於是他回到了在航空母艦上的那個早晨，只有藍色的天空與海洋，以及兩者相遇之處那條無止盡的線。所有既不是天也不是水的東西，只會在那小小的灰線地帶存在一瞬間。而在其上和其下，藍色向著永恆的遠方無限延伸。

# 小偷

Thief

一定是那個女孩兒。

韋恩打開她的房門，走道的燈光灑進臥室地板，掠過她睡夢中的臉孔。她十四歲。整天戴耳機坐在那兒，瞪視著窗外的世界。穿太緊身的牛仔褲。假裝走去巴士站，其實跑去搭那個蠢貨的雪佛萊新星。把唱片封套貼滿每面牆壁——就例如床頭上那個捲髮的渾球吉他手：弗蘭姆普敦，現場演唱。在枕頭上，她的頭髮看起來和弗蘭姆普敦的很像，一圈懶散的光暈。她每天早上都要花三十分鐘，用吹風機耗掉該死的一半電費帳單。韋恩看看牆上的其他唱片封套。媽的什麼叫做藍牡蠣教派？她八成有在吸大麻。

但是當小偷？

沉睡的她，看起來好像這輩子從來沒興起過一次歹念。

她是頭一個孩子，當韋恩還在當海軍的時候。當時，一邊把她紅通通的小手圈在他的小指頭上面，韋恩還一邊想：**媽的我幹了什麼好事啊？**那使得他的心頭一緊。當時他十九歲。比現在的她才大五歲而已。去年夏天，有人偷了他幾根「寶馬」香菸，雖然他從來沒逮到她抽，但是那時她也是他的主要嫌犯。

韋恩輕輕把門帶上，步下走道來到兩個男孩子的房間。么兒和老二，九歲和十一歲，八字形大喇喇地躺在雙層床上，活像剛從五十呎高空墜落。光就脾性來看，老么有可能。他喜歡囤糧積草，習慣悶不吭聲。有一對和他媽媽相似的黑眼珠。從樂高玩具抬頭看人的表情，就彷彿你打斷了他的教堂禮拜。這小鬼到四歲才開口說話，不說則已，一開口就是一個完整的句子：「我還要更多蘋果醬。」一副好像從來沒吃過完整的一餐似的。他會在晚餐時把食物攢進口袋，會把萬聖節的糖果藏在衣櫃的抽屜裡，或者嘴含著橡實糖四處行走。就性格而言，有可能是老么。他的眼睛裡有那種飢渴。韋恩有時候也會有那樣的飢渴。

在頂層床鋪上，老二在睡夢中喃喃自語。牛奶工人的孩子，韋恩總是這麼說笑，不只是因爲他有滿頭的金髮，也因爲他和韋恩如此不同。老二是個膿包。跌倒了，受傷了，腳踏車摔壞了，會哭哭啼啼還尿褲子（十一歲了還這樣？），愛下棋，老是把頭鑽進書本，而且好像無法讓他那根他媽的手指頭離開鼻孔。「喂，」有一次他告訴男孩，「等哪天你終於從那裡頭挖到什麼寶了，讓我知道吧。我想要瞧瞧。」小鬼只是瞪著他。老二有可能，只因爲韋恩搞不懂那顆腦袋裡在想些什麼。他是個外星人。

「韋恩？」

凱倫站在他後面的走道上，身穿白色睡袍，瞇著黑眼珠。

「嘿，寶貝。」

「凌晨兩點鐘了耶。」

「是啊，肯和我下班以後去喝了幾杯。」

「來睡了。」

「我告訴過你，關於我們去黃石公園的旅行麼，在我還是小孩子的時候？我們住在印地安營地的小木屋，至少他們是這麼稱呼當地的。那裡有一條可以淘金的小溪流，和一片可以撿箭頭鏃的曠野。我姐告訴我，黃金和箭頭鏃都是假的，是在那兒經營路邊生意的人，把東西埋伏在那裡好讓我們挖寶的。」韋恩對著回憶啞然失笑。「我爹每晚都必須把車子停在山丘上，好在早上靠壓縮力啓動那輛老福特。想想看。我那個暴躁的老頭，在平坦的蒙大拿東部開車四處逛，尋找一個山丘好停車。」但是他想不起來爲什麼自己要提這件事了。

「來睡覺就是了。」

韋恩嘆口氣，回頭看那兩個男孩。他得說，光就笨拙無能這點來看，老二的賠率就很高，六比一，老么嘛，二比一，因爲那鬼鬼祟祟的性格。至於女孩呢，輸贏各半……因爲，就是這樣。

在臥房裡，凱倫把細薄的背轉過去對著他，睡袍的細肩帶正好露在被單的吃水線上。韋恩從口袋裡拿出零錢。兩枚二十五分錢，一枚十分，四枚一分。

好吧。就這些囉。每天晚上下班，從酒館回來以後，他把他的零錢丟進他們衣櫥地板的「度假基金」裡。「度假基金」是一只一加侖的玻璃罐，一種劣等威士忌老式酒瓶的複製品，暗褐色的玻璃，底部很寬，頸部窄窄的，只有五十分銅板的大小，最頂端有一個可以用手指拎起來的玻璃把手。等玻璃罐塡滿時，全家就有足夠的錢去度假。就和韋恩的爹以前的做法一樣。要花兩年時間才塡得滿罐子，兩年才有辦法存夠錢去做一次暑期開車旅遊。

韋恩注意到有人在偷「度假基金」時，他設下陷阱。他把罐子傾斜，讓所有零錢倒成一個大陡坡，回家以後，卻發現錢海變成水平狀。或者，他會把把手轉到六點鐘方向，回家以後，發現把手變成在四點三十分，瓶身也移離了地毯上原來的壓痕。他甚至在幾顆二十五分硬幣上做記號，把它們留在最頂上，果不其然，有記號的二十五分硬幣不見了。

韋恩蹲下來平視罐子。把手轉成了八點鐘方向。

「天殺的！」他把罐子抓起來，舉向光線。這星期有兩天；小偷愈來愈猖狂了。

「拜託，韋恩，」凱倫在床上說：「整件事都是你想像的。」

「我想像至少丟了四塊錢？」

「四塊錢？從一個有兩百塊的罐子裡？」

「重點不在錢，凱倫。這是我們的假期。妳要妳的小孩偷他媽自個兒家的錢嗎？妳要妳的小孩做這種事嗎？變成像這樣子嗎？」

「來睡了啦。」

韋恩的手在顫抖。他的小孩當中的一個。天老爺。

「不可能。」肯說。

「那麼是誰？凱倫嗎？」

「不。當然不是。」

「你想會有什麼身手矯健的小偷闖進我家，一次只偷幾枚二十五分錢銅板嗎？」

「不會啦。但是你的小孩？你的小孩都是他媽的好小孩啊，韋恩。」

他的小孩是好小孩。課業拿A。有禮貌。不笨。韋恩把臂膀壓在酒吧破舊的鋪墊上。

他們後面的門打開來，是丹娜，工會大會堂的那個騷祕書。她走過整條吧檯，對每個人嗲聲說嗨。然後和肯裝模作樣，擺出一副兩人從未偷腥苟合的態勢。「原來是肯和韋恩哥倆好啊。你倆在忙啥呀？」

「嘿，丹娜，」肯說：「近來如何？」彷彿昨晚沒才和她車震過。

才第二杯啤酒而已，但是韋恩已經想走人了。他的手錶顯示十一點五十分。有人在點唱機點了他媽的安瑪莉。撞球桌傳來球碰撞的聲音。韋恩把他的玻璃杯重重的往吧臺上一擺。「欸。我該——」

「別走，多待會兒嘛，老兄。」肯說，虛情假意的。韋恩不怪肯。一整晚在電解池生產線聞那種爐渣蒸氣之後，誰不想狠狠的上一下丹娜？韋恩思忖，如果哪天她想泡他，他會說不——她連凱倫的一半漂亮都不及——但是有一部分的他想，他沒法拒絕。狗屎。他有時候眞討厭這些人。

「就是嘛，多喝一杯再走，韋恩。」丹娜說，比肯稍微眞誠一點。她把一隻手按在他的臂膀上。

但明天是星期五，是韋恩休三天之前的最後一次中班，然後接下來就換輪一個禮拜的早班。他把外套穿起來。「不了，我要回家。必須逮到我那個小偷。」

「逮到什麼？」丹娜轉了轉她手指上的婚戒。

肯說：「韋恩的一個小孩偷他度假基金的錢。」

「你們要去哪兒？」丹娜問。

「基隆拿，」韋恩說：「加拿大卑詩省。那個摩登原始人樂園。」然後他想到一件事——小偷是在韋恩挑了那個地方以後開始行動的。他再度聯想到那個女孩。哪個十四歲孩子會想要看摩登原始人樂園啊？

丹娜伸手拿肯幫她買來的啤酒。她穿著一件緊身絲洋裝，腰部上方打著一個紅色蝴蝶結。

「我討厭小孩，」她說：「尤其是我的。」

老二的手指深入鼻孔到只剩一段指關節。他的另外一隻手像握鉛筆一樣的握著叉子。

「你以爲那頂上有什麼？」韋恩問。「三劍客嗎？」

「嗄？」老二看著他的樣子，總好像他是在跟他講法文。

「不要在餐桌上那樣做。」

「噢。」手指頭從鼻孔裡抽出來，像劍抽出劍鞘。他擺正自己的眼鏡。

最小的男孩對哥哥的尷尬處境露出訕笑。

女孩則是神遊百哩之外，無聊的把燉番茄推來推去。

「沒吃完那些番茄，妳別想離開桌子。」

「味道好噁。」

凱倫告訴他，老么通過「總統體能測驗」。

「除了引體向上，」老么說，然後聳聳肩，「沒有人有辦法做引體向上，所以麥克亞當先生說，就不要管那個項目了。」

韋恩看著老二。他從來沒通過「總統體能測驗」。那是每年都要面對一次的大危機。

「我在保健室，」他說：「上科學課的時候我差點吐。」

「嗯，那也許等明年吧。」韋恩說。

老二把杯子舉到碰到鼻樑。憂慮地看著他爹，彷彿在說：我很懷疑。

「晚飯後我可以去泰瑞家嗎？」女孩問，並且補上一句，「去做功課？」

「妳要帶那些番茄一起去嗎？」

女孩咂咂地吃了一口。

韋恩瞪著自己叉子上的那口豬排肉，上面一輪完美的鍋煎肥脂。「我最近在想。有關我們的假期。」

小孩子嘴巴都在繼續嚼動。凱倫翻了個白眼，起身去烤爐拿更多小圓麵包出來。

「每個人都仍然同意去卑詩省嗎？」他的目光從一個身上掃到另一個，然後再另一個。他們還沒有機會回答，他就說：「因爲那裡不只有基隆拿市，你們知道。那裡還有溫泉，有冰湖。還有，呃，野山羊。」

老么噘起嘴。「等等。我們不去摩登原始人樂園了嗎？」

「不是。會去。我們還是會去。我的意思只是，我們還可以去其他地方。」

「但是我們會在摩登原始人樂園停留幾天？」

「去溫哥華會很酷。」

「但是至少會待兩天吧，對不對？」

「唔，我不知道。」

「溫哥華有一間自然博物館。」

「溫哥華才像個眞正的城市。」

韋恩後悔他提起這個話題。「好啦，再說吧。先把你們的晚飯吃完。」

凱倫回到餐桌旁，給他們每個人一顆溫熱的小圓麵包，並且丟給他一個冷眼。她壓低了嗓門說：「調查結果如何呀，警探？」

他回瞪凱倫，但是眾嫌犯似乎都沒有聽到她說的話。

星期天，韋恩走去冰箱。拿了兩罐幸運牌啤酒，把它們放在狹窄的衣櫥內，擺在他的四套連身工作服後面的地板上，工作服就掛在他的襯衫後面。然後他打開浴室的窗戶。走回去臥室，從衣櫥裡抓了一套乾淨的連身工作服。低頭看一眼玻璃罐，確認把手正對著午夜十二點鐘的方向，而且確確實實的坐落在地毯壓痕的位置內。他把連身工作服套在牛仔褲外面，直達腰部，就和要去上班時的穿法一樣。然後他踏下走道。

他敲敲女孩子的房門，打開來，伸頭張望。她盤腿坐在音響前方的地板上。她看見他，拿下耳機。「你得聽聽這個，爹。」

他進去房間，戴上耳機。聽起來就和她聽的其他狗屎音樂沒什麼差別。

「很酷吧？」

天老爺。「很棒。」他說。他把耳機還回去。

「我就想你會喜歡。」女孩說：「瞧，我的音樂不全都是沒腦袋的。」

「嘿，」他說：「妳媽媽今天得去幫莉爾奶奶的忙，我接到通知得去上工。妳看管兩個男生一會兒可以吧？」

「沒問題。」她說，並且把耳機戴回去。他沒關房門就離開。

男孩子在玩陸軍玩具兵。一個拿著綠色的小玩具兵，另一個拿著嗶嘰色的小玩具兵。他們把小塑膠人排在地板兩側互相對峙，然後各自坐在自己的軍隊後面，對準另一方的軍隊丟樂高積木。第一個先把對方所有玩具兵都推倒的人贏。白癡遊戲。他們玩這遊戲可以一玩好幾個鐘頭，凱倫在各處都可以找到這些小塑膠玩具兵，沙發椅墊的後面、換洗衣褲的裡面、桌子底下等等。

「是誰在打？」

「我是越共。」老二說：「如果你從某個角度看，看起來還有點像美國革命軍。」

太好了。老二是共產黨。

老么從嘴巴裡掏出一枚玩具兵。「我是美國人。」他驕傲地說。

「爹，」老二說：「你在韓戰以後加入海軍，但那是在越戰以前，對不對？」

「對。」韋恩說。

「所以你沒有打過仗。」

「沒有。」

「我早跟你說了。」老二告訴老么。

「但是你們和誰對打？」老么問。

「你不一定都會和誰對打。我們只是在太平洋上巡邏。」

「就像警車巡邏一樣。」老二說。

「有點像是那樣。」

「喔。」老么說，然後他又把玩具陸軍放回去嘴巴裡。

「欸，我要去上班了，」韋恩說：「姐姐負責掌管一切。」男孩子又回去玩他們的遊戲，沒理他。「晚上見囉。」

韋恩走出去外面。爬上他的小貨車。休假日，而他卻假裝要去工作。凱倫說得對；他瘋了。他知道肯有時候假裝被通知要上工，然後跑去和丹娜打炮。此時說不定正打得火熱哩。狗屎，那樣搞不好還比較有道理。他回望房子，一棟小小的一層樓牧場式平房。和他成長時住的房子沒什麼兩樣。他老頭是個焊工，做到沒日沒夜，一個禮拜六十小時。

韋恩只做過一次，偷度假基金的錢。他拿了兩枚十分銅板。他那時八歲。愛德亨利和他哥哥要去雜貨店。韋恩用偷來的錢買了一盒棒球卡和幾根棒棒糖。媽的那是他吃過最難吃的糖果。他當時想：**誰會在乎兩枚十分銅板啊？**但是那整段旅程，從斯波坎到黃石公園。他大氣都不敢喘一下。**老天，如果我們錢花光了怎麼辦？**他老祈禱他們能找到山丘停車，好發動車子。**如果我們在離家五**

哩的地方汽油耗盡，然後每個人都找我算帳怎麼辦？你瞧瞧，韋恩。恰好就少二十分錢。

也許凱倫說得對，這一切都只是因爲罪惡感。

韋恩回望房子。但是如果他是對的呢——天殺的，他希望他是錯的，但是他是對的——裡面那幾個蠢小鬼的當中一個，已經偷了五或六次了，而且還不斷的回來偷。那就是爲什麼他會被惹毛。他做過一次，而那幾乎要了他的命。你希望你的孩子比你更好——韋恩的爹是焊工，韋恩在凱瑟製鋁廠有個好工作，也許他的小孩將來可以上大學。但是你也希望他們還能更好。而其中一個是天殺的小偷？天老爺，韋恩無法面對。他從來沒揍過他的小孩——偶而打一下屁股是有的——但是他有點擔心自己可能做出什麼事情來。

他發動貨車。退出車道，再回望房子一眼，駛下馬路，然後把車停在特倫特路的雜貨店外。他脫下連身工作服，把它留在卡車內，然後疾行軍兩個街區回到家。他從後面的柵門進入，來到房子的側邊，用力將自己舉高到打開的窗臺，然後潛進浴室裡。他仔細聽。屋裡靜悄悄的。韋恩脫下靴子，躡手躡腳地穿過浴室，左右張望，然後溜進他和凱倫的臥房。他讓門打開一點縫。然後偷偷摸摸地走過床邊，躲進衣櫥裡。

度假基金在那兒，就在衣櫥的門檻內，罐子的把手端正地指著半夜十二點鐘方向。韋恩踏過罐子，深潛入衣櫥後方。他躲在他的幾件連身工作服後面，那些工作服掛在那兒就像窗簾一樣。他背靠著後牆坐在地板上，置身黑暗當中。

韋恩伸手取來一罐啤酒，打開瓶蓋，喝一口。如果必要，他會在那裡坐一整天。

也許是老二。那個什麼關於越共的屁話？什麼鬼啊？

他又聽見凱倫說話了：整件事都是你想像的。你瘋了。

也許吧。韋恩坐在黑暗中，喝著冰涼的「幸運」啤酒。他不確定已經過了多久時間。啤酒瓶蓋上有猜謎遊戲。女孩和老二總搶著解答。韋恩把連身工作服推到一邊，讓一點光透進衣櫥的後方。他讀瓶蓋上的謎題。上面有一支鑰匙。一顆西洋棋的卒子。一輛卡車。還有字母ing。簡單。Key pawn truck ing：繼續努力。

然後他聽見走道傳來腳步聲，便放手讓那些連身工作服垂下來，所以他又陷入一片黑暗之中。浴室的門打開來又關上。只是有人去上廁所。他嘆一口氣，覺得詭異的放下一顆心，然後突然意識到，如果他最後是坐在這裡一整天，喝掉這些啤酒，而什麼事也沒發生，那他會多快樂啊。如果凱倫是對的話。在牆的另一邊，有馬桶沖水的聲音。韋恩啜一口啤酒。又有腳步聲，輕輕踩在地毯上。狗屎，腳步聲正在往這邊過來。韋恩側頭傾聽。

地板發出吱吱嘎嘎的聲音。他們其中有一個人正在房間裡。韋恩屏住氣息。腳步聲穿越房間而來。

然後衣櫥門因爲被人打開一些些，而發出軋嘰聲。韋恩掩住自己的嘴巴。他的哥哥，麥克，就是一個小偷。偷鄰居的東西。還曾經偷過一輛車。這輩子一事無成。已經離婚三次。

韋恩可以聽見連身工作服另一邊的呼吸聲。他聆聽小偷轉開玻璃罐的蓋子。天殺的。他的小孩當中的一個！小偷把罐子傾斜到一邊，一些零錢掉出來。不多。只有一點點。韋恩伸出臂膀，把手放在懸掛於他面前的連身工作服上。因爲所有的汙垢、化學殘留，和有的沒的狗屎，凱倫必須用手洗這些衣服。衣服太重了，會把洗衣機絞壞。

小偷挑揀零錢。把一分、五分，和十分的銅板丟回去。大概拿了兩枚或三枚二十五分錢，正如韋恩所預期，也正如他所可能做的。韋恩在心裡數到三。他只要把那些連身工作服拉到一邊去就得了。他再一次數到三。小偷把蓋子扭回玻璃罐上。

小偷把罐子推回衣櫥裡。韋恩緊閉起雙眼。**他的一個小孩是反社會份子。現在。現在動手。**

**逮到你了，你這該死的小偷。**

但是韋恩只是蜷曲起雙腿，坐在他衣櫥地板的黑暗中，在他幾件連身工作服的後面。他辦不到。他聽見腳步聲再度啪嗒啪嗒穿過房間。走出房門。韋恩的頭垂到膝蓋上。等一切又恢復寧靜，他伸手去取另一罐啤酒。

衣櫥的空間是三呎乘五呎平方。整棟房子只有九百平方呎。它坐落在一塊五十乘以六十呎平方，夾雜著雜草和蒲公英的土地上，對面是一塊空地，位於一個滿是戰後合板屋和農舍式平房的社區裡。這房子買價四萬四千元。房貸利息百分之十三。這房子的父親在一家垂死的製鋁工廠做輪班——早班、中班、夜班——時薪九點四五元，而他每每回到家來，如此的疲倦、如此的油膩，被爐灰和汗水搞到如此的烏黑，簡直認不出人來，然而，每天，他起床又再回去做。他手握啤酒坐在那個衣櫥裡，頭垂在兩個膝蓋中間。

在走道上，小偷的羞恥心如火燃燒，二十五分錢銅板，是躺在我掌心裡的兩圈炙熱黑垢。

# 一罐玉米

Can
a Corn

肯每星期二和四得去洗腎。媽不去，所以到松寮監獄接送繼父的責任，就落在湯米的身上。帶肯到醫院。三小時以後再送他回監。

爬上卡車的時候，肯發出哀鳴。——你後頭那些是什麼，湯米？

湯米回頭張望後座。——魚竿和釣具箱。

——你這個週末要去釣魚嗎？

——總不是去特技跳傘吧。

肯望出去車窗外。——雜貨店旁邊停一下行嗎？

市中心有一家雜貨店，賣樂透彩，加度葡萄酒，和四十盎司麥芽酒。肯跳下車子。湯米轉收音機頻道找東西聽，直到肯帶著一罐玉米罐回來。

——噢，不會吧，你不是當眞的吧，肯。

——媽的累死了，湯米。我今天沒辦法去坐那個洗腎機。

——你寧願死嗎？

——我寧願去釣魚。

——門兒都沒有，肯。

他駛往聖心醫院。但是當湯米碰到紅燈停車時，肯伸手到後面，抓了魚竿，跳出車子。隨你，湯米想。去死好了。我不在乎。老人往斯波坎河的方向走。湯米把車子開近他身旁，靠過去另一邊，打開前座的門。

——媽的給我上車，肯。

肯不理他。

——那根魚竿連釣鉤都還沒裝。

肯繼續走，臉別到一邊去。

湯米貼著他又開了一個街區。——上車，肯。

肯轉下一條單行道。湯米沒辦法跟了。

隨便你。蠢渾蛋。湯米回去工作，但是修理廠裡唯一的來件，是某個老太太的林肯轎車要修煞車：六百元的修理費，修一輛只值三百塊的破銅爛鐵。好吧。愈想愈火大，湯米把林肯轎車交給米蓋爾，開車回市中心。

他停好車，把釣具箱從卡車裡拿出來，然後沿著河流往回走。在一座橋下找到他繼父，光禿的魚竿杵在身旁。

湯米把魚鉤和墜子給他。

肯灰白的手指抖個不停。

——我來。湯米給釣魚線裝好鉤子和墜子。他從釣具箱取出一個開罐器，打開肯的玉米罐。湯米小心翼翼的把鐵鉤推進玉米紙般薄的表皮，直到小小的啵一聲，刺穿過去。

他把魚竿交還給老人。肯拋出釣魚線。

半小時以後，肯捲線釣上一尾遲鈍的鯰魚，黃眼珠，多刺。沒怎麼掙扎。簡直就像牠一點也不在乎。

肯把牠抓起來。——哎呦，該死。

湯米把魚放回水裡。牠就那樣沒啥生氣的沉下去。

他把老人送回到監獄前門，老人的呼吸已經輕淺起來。動作生硬。他如此衰弱，湯米必須再靠過去他那邊，幫他把車門打開。

——嘿，媽的那條魚還不算太差啦。如果你考慮各方面的狀況。他的眼睛已經霧矇矇了。

——我們星期二應該再去一趟。

——我們現在也要開始玩接球遊戲了嗎？湯米問。

肯大笑。

湯米看著老人走進鐵柵門。他媽的渾球。

# 處女座

Virgo

你們都說一樣的話。你們這些律師、警察、心理醫生，你們說的話聽起來都很像：告訴我們發生了什麼事。給我們你那一面的故事。我這一面的故事。我這一面。就彷彿眞相是一個盒子，當你要另一面、另一個觀點的時候，把它翻轉過來就行了。欸，並沒有什麼面，也沒有什麼盒子，也許也沒有什麼眞相。

你們不是眞的想要我這一面的故事。你們並不想要了解我、認識我，或鑽進我的腦袋。你們並不想要感受我的感受。你們只想要知道一件事：爲什麼。

好吧。告訴你們爲什麼：因爲她。我所做的一切，都是爲了她。

一切都是從十月底開始的。我們又吵了一樣的架，爲了坦雅已經對我嘮叨三個月的陳年牢騷，幾乎從我搬進來的第一天就開始了：哇啦，哇啦，停滯不前的兩性關係；哇啦，哇啦，發育受阻的兩性成長；哇啦，哇啦，我擔心你心裡有病。

我說我會更努力，但是她在氣頭上：「不，特倫特，我要你搬出去。現在就走。」所以我收拾我的東西。我把四箱衣服、鞋子、CD、英雄人物公仔，和集換遊戲卡，搬上車。正要把車子開走時，我看見……他。馬克．埃金斯，坦雅的前男友，這起事故的失蹤環節，像某種掠食動物，正邁著大步走上二十一街，活像一隻肥郊狼在講手機。她爲了這個孬種搬到波特蘭，即使她賺的錢是他的兩倍。她跟帕羅奧圖的軟體公司請調，來珍珠區上班，並且找到一間小公寓，可是她人不在這裡還不到六個月，他就和別人上了床，於是她把他攆走。馬克．埃金斯是個不忠的王八蛋。

他繞過一根路燈桿，蹦蹦跳跳的上了我們那棟老樓房的臺階。她按鈴讓他上樓。馬克·埃金斯是「露臺」餐廳的二廚，是把做菜搞得好像藝術的那種自爽渾球。她總是說他很敏感，是個懂得聆聽的人。現在他上去我們的老公寓了，去當他媽敏感、騙人的好聽眾了。有兩個小時的時間，我坐在街區底下的車子裡，而那傢伙則在上面……聆聽。外面天色漸沉。從街上，可以看見我們公寓的燈光亮起來。我可以精確地知道，亮的是哪一盞燈——客廳上方靠右的那盞。那是她在「陶瓷穀倉」家居百貨店買的。透過我們三樓的角落老窗口，我可以看見人影從那盞燈移動過天花板，透過投影的微妙改變，我試著想像有什麼事情正在進行：**她正走去廚房幫他拿一罐啤酒；他正走去浴室如廁**。有多少個秋天夜晚，我提早下班回家，在這裡舉頭凝望同樣的那盞燈的光輝？那曾經是我的慰藉。

但是現在，那盞燈令人覺得無法忍受的冷冽和遙遠，像太空人晦暗不明的發現，是在宇宙遠方的一抹微光，也是時間冰凍的起點。如果再凝視那盞燈更久一些，我可能會瘋掉。事實上，就在我決定要去按一下門鈴，然後逃之夭夭的時候，無法想像的事情發生了。

燈光熄滅了。

我坐在那裡，屏息靜氣，等待馬克·埃金斯下樓。但是他沒有。我的目光射向臥房窗戶。那裡也是黑的。那表示她……他們……

我開車在珍珠區窮繞，在自己的腦袋裡和她對話、哀求、嘶吼，直到最後，我開過大橋，駛往我爸在東北區的雙拼式小樓房。我把車停在屋前的窨泥地上，拍打他的門。我可以聽見他在裡面沉重的步履。爹因爲糖尿病失去一條腿。得花一陣子才能移動義肢。

等到他終於來應門，我說：「坦雅把我趕出來。她正和她的前男友在一起。她說和我住在一起，就好像和一個盯梢慣犯住在一起一樣。」

「你確實老是會令人緊張。」我爸說。

爹是個懶散的大塊頭，很拙於幫人提供主意。自從我媽過世以後，他在這種父子交心時間的表現就更爲不行了。他嗅了嗅空氣。「你喝酒了嗎？」

「沒有。」我說。

「老天爺，特倫特，」然後他邀我進門，「媽的幹嘛不？」

在這一切發生以前，我愛我的工作。我說的不是在我五年工作表現評量表上所描述的那個工作，該評量表的最低點，是報社爲之向讀者致歉的那檔事（一項不實的騷擾指控，肇因於某件牽涉到女生廁所的純粹誤會）。不。我愛的，是工作的本身。

身爲專輯的文字編輯，我從電訊中擷取全國性的故事、校對地方性的報導，並且每天替多達五頁的新聞撰寫標題。我最喜歡的，因爲那也是坦雅最喜歡的，就是「生活內幕」——在專輯版面的第二頁，也是本報最多人閱讀的一頁——那裡有報業聯合組織供稿的縱橫字謎遊戲、拼字猜謎、名人生日，和坦雅最愛的，每日星象。事實上，那就是我們相識的起源，四個月之前，在一家咖啡館，我看見她在讀她的星象。我用一句簡單的聲明啓動我們的羅曼史：「那一頁是我編輯的。」不到一個星期，我們就開始約會，一個月以後，在七月底，因爲中庭對面那個有妄想症的女人抗議我有望遠鏡，我被要求搬出公寓，坦雅說我可以搬去和她住，直到我找到自己的地方。

現在，對某些人來說，我可能眞的是——就如報社單方面對讀者道歉時對我所做的描述——異常的安靜和緊張，幾乎等於不存在於房間裡，但是對忠實讀者如坦雅而言，我可說是無名英雄。

每天早上，在那輝煌的三個月期間，她會給自己倒一杯咖啡，烤一個貝果，然後開始瀏覽報紙，每頁只花幾秒鐘，直到來到「生活內幕」，她在報紙上的家。我簡直等不及她來到那裡。她會小心翼翼的按照摺痕折好，然後把報紙放下來，仔細的研讀一番，彷彿那裡藏有什麼神聖的祕密。

而且只有到那個時刻，她才會跟我說話。「四格往下：『電影片名，空格，地裂』？」

「天崩。」

「你眞的沒有在前一天看過答案嗎？」

「我告訴過你了，沒有。」當然，我在前一天看過答案。但誰能怪我有一點點不誠實呢？我在談戀愛呀。

「嘿，今天是柯克．卡梅隆的生日。猜猜他幾歲。」

「十二歲？還是六百歲？誰是柯克．卡梅隆？」

「得了吧。你昨天編輯過這一頁。現在卻要假裝你不知道柯克．卡梅隆是誰？」

「那種名人消息跟著電訊進來。我讀都沒讀就把它截取下來。你知道我討厭名人。」

「我想你假裝不喜歡名人，好使自己看起來比較聰明。」

這倒是真的。我確實喜愛名人。

「嘿，瞧，」她終於說：「我今天有五顆星耶。如果我放輕鬆，所有的答案就會來到我眼前。」

如今回想起那些甜蜜的早晨，真令人痛苦，我們兩人對著我們的報紙專頁說說笑笑，渾然不知這樣的時光即將結束。而這也是奇怪的部分、神祕的部分，有人可能會說：在那些日子裡，坦雅讀到她會擁有五顆星……而事實上她也得到了五顆星。這樣說吧，我不相信這類鬼扯淡的迷信；這有可能只是一種暗示的力量。但我確實開始注意到（依我記錄這方面情事的日記），得到五顆星的時候，坦雅會對我的求愛行動懷抱比較開放的態度。事實上，我們在一起的頭一個月以後，我開始注意到，坦雅唯一似乎有興趣親熱，唯一會想要……你知道，做那檔事……的時候，就是她的星象拿到五顆星的時候。

然後，十月初的某一天，當我們完全停止性事以後，我做了。我對她的星象動了手腳。那天處女座應該擁有三顆星，我卻把它改成五顆星。

所以去告我好了。反正結果根本也沒效。

然而，很顯然，那主意就是從那裡開始的。可是，我們分手以後，我其實是有可能就此跟她分道揚鑣，不至於發動所謂的星象戰爭的，要是坦雅沒有對我開出第一槍，在把我掃地出門僅僅兩個禮拜以後，對我提出不准接觸禁制令。不准接觸禁制令！基於什麼理由，我很想知道。

「唉，你確實每天晚上下班以後會開去那裡，把車停在她家外面啊。」我爹握著一矮玻璃杯蘭姆酒說。

「沒錯啦，但是八百呎？那是什麼信口雌黃的數字啊？我還得隨身攜帶捲尺測量嗎？你怎麼知道你是不是距離某人八百呎？從她家出來轉角有一家西班牙塔帕斯小吃店。難道我從此以後不准再吃西班牙小吃了嗎？」

「馬丁路德金恩大道上有一家『塔可鐘』。」

「是塔帕斯，爹。不是塔可鐘。」

爹給我們倆都倒了酒，然後打開電視。「聽著，我不知道要怎麼跟你說，特倫特。你會讓人家不自在。你還小的時候，我以爲是你的眼皮有問題，你從來不眨眼睛。我以前常問你媽，是不是有什麼手術我們可以試試的。」

這就是我老爸。某個女人傷了我的心，他的答案卻是要我去把眼皮縫起來。但是我想他有在盡力。我想我們都盡力了。

「人生根本不公平。」老鰥夫跛著義肢再去給自己倒一杯酒時，我說。

「是啦，唉，」他回答，「我希望我不是那個告訴你人生是公平的渾蛋。」

第二天，十一月十七日。處女座得到第一顆從此連續十三天的一顆星日。「四顆星：你的創造力爆發。把你的目光專注於大局。」那天處女座的星象解讀應該是如此。我把它改成：「一顆星：小心背後暗箭。」太了不起了，想像她讀到這條時的表情。

占星術故作神祕，而且解讀由人：「你會遇到障礙，但是你有能力解決。摩羯座可以幫助你。」事實上，我可以論辯，這個很清楚一開始是要破壞我女朋友生活的手段，到後來卻成爲一場使占星術變得更爲有用的行動。而且我也不假裝自己不喜歡那股聲音，那股改變占星術所帶給我的威力。在辦公室裡，我向來是自掃門前雪，有時候可以好幾天都不說話，但是藉由這些占星解讀，我終於可以說出這些年來藏在肚子裡不敢吐露的心聲。對我們的新戲劇評論記者，雪倫・葛里森，我寫道：「天秤座。三顆星：那些褲子使你看起來很肥。」對傲慢的運動專欄作家，麥克・杜恩，「金牛座。兩顆星：但願你老婆紅杏出牆。」對冷冰冰的年輕資料登錄員，蘿拉：「巨蟹座。對你的同事微笑一下會死嗎？」

當然，有讀者對十一月底的星象解讀表示不滿。（謝天謝地，這些怨言全部都轉給了「生活內幕」的頁面編輯……我。）可是我得說，有些人其實更喜歡新的星象解讀。處女座當然不會，因爲他們每天都得到極度令人失望的對待——「一顆星：你應該試著不要那麼懷恨在心和不忠於人……一顆星：希望你的新男友不介意你的口臭……一顆星：你的床上功夫其實也不好。」

我會頭一個承認，十一月二十四日那次是做得有點兒過火，那天我讀到，縱橫字謎遊戲中，對橫向九的線索是，一種牙買加的香料，一看到答案是Jerk[1]，我就把線索改成：例如馬克・埃金

---

1　這個字是牙買加辣味混合辛香料的名稱，但也可以用來罵人「混蛋」。

斯。是啦，那樣子做很小家子氣，但我是被迫要在距離敵人八百呎之外作戰呀。

然而，雖然我不斷以處女座一顆星日猛烈攻擊，還用縱橫字謎遊戲同時轟炸，但他們兩人當中，卻沒有任何一個做出回應。坦雅知道我負責編輯那一頁。她一定知道我就是她一連串星象厄運的背後魔手。但是我沒有聽到任何反應。有些日子，我會想，她是利用不回應來嘲弄我；有些日子，我想像，她是因爲如此深陷於一顆星的困擾（開車爭執和網路斷線等等），以至於沒有能力回應。

在十一月的最後一天，卻浮現了另一個可能。我才剛又對「露臺」餐廳打完一個造假的客訴電話（「雞胸肉很糟糕地沒煮熟；有沙門氏桿菌中毒的所有症狀」），開車回到我如今和我爹合住的房子。就是在那個時候，我發現他倒在廚房地板上，整個人癱在角落，義肢歪成一個奇怪的角度，而假腳仍然平踩著地板。

他陷入醫生所謂的糖尿病性昏迷——顯然是他不斷喝酒所造成的結果。「你得多照顧他一些。」急診室護士說。但是一直要到填寫保險文件時，我才眞正了解，我有多對不起我爹。我根據他的駕駛執照抄錄他的生日：一九四七年八月二十八日。我知道他的生日，那自然不用說，但是一直到那一刻之前，我從來沒想到。

我爸是處女座。

在幸災樂禍的把我描繪爲惡劣員工的訴訟當中，他們漏提一件事，在我爹於醫院病床上爲生命搏鬥的那一天，我仍然照常上班。當然，也是在那一天，十一月三十日，我的版面主編回應來自報業聯合組織的客訴，調查以後，把我叫進她的辦公室。

在接下來的無數會議和反控亂局當中，我還莫名的最後一次得逞，把一條更改過的星象解讀登上報紙。再強調一次，我無意將自己描繪爲某種原始、拜月的狂人，但是第二天，全波特蘭市的處女座都讀到一條令人由衷感動的祈求：「**五顆星：你會好起來的。我很抱歉。**」

有我隨侍在側，爹從他的低血糖昏迷中脫險，回家過起滴酒不沾的日子。我清空他那間小屋子裡的酒精。爹現在喝很多番茄汁。由於我不上班了，我們不停地玩克里比其牌戲[2]，玩到我開始夢見自己變成記分小木樁中的一根，不停的在小小的計分板上移上移下。最近我把這個夢和我的法庭指定精神治療師分享。她高度懷疑這個夢是不是和我爸的義肢有關。所以我把我的夢告訴我爹，他說，他有時候會夢見他失去的那條腿，正在蒙大拿利文斯頓鎮的一臺拖車裡過日子。我在考慮是不是要叫他和我一起去做心理諮詢。

至於坦雅呢？即使在《奧瑞岡人報》登載了「對我們讀者的公開道歉」以後，道歉聲明裡充滿自以爲是的浮誇之辭，說我是如何「惡意且魯莽的行動」，如何「破壞報紙與其讀者間的神聖信任」，我仍然希望坦雅能至少從這當中，感受到我對她的一片深情。但是我始終沒有得到隻字片

2 每人發六張牌，先湊足一百二十一分或六十一分者贏。

語。我的緩刑警官和精神治療師都堅持——我想是正確的看法吧——說我不該再去招惹坦雅，但是今天下午，我上店鋪去幫爹多買一些番茄汁，卻發現自己又來到她那棟樓房底下的街區。

這一次，無論如何，和以前都不一樣。我知道聽起來很瘋狂，但是我開始擔心，是不是我的小小惡作劇害她生病了。而且我將此視爲正面的徵兆，因爲我不希望她生病。我眞的不希望。我坐在街上的車子裡，仰望我們三樓的角落窗戶，只希望能瞥見她一眼。現在是冬天，初夜的天空瘀青累累又黑黝黝的。我們的老公寓一片黑暗。我突然想到，也許她搬家了，而我必須說，那我也可以接受啦。就在要伸手發動引擎時，我看見他們步上人行道，在距離公寓一個街區的地方。坦雅不但看起來很健康，還很美麗。而且很快樂。那個高大、愚蠢、敏感，又不忠的廚子，牽著她的手。我爲她感到高興。我眞的是這樣。她在笑，他們頭頂上那盞路燈對我眨了眨眼，緩緩的亮起來。

報紙的道歉聲明裡，有一句話令我愕然，它形容我的行爲是「一種公開盯梢」。讀到那句話時，我忍不住顫慄。我猜坦雅也是那樣認爲。也許每個人都是如此。認爲我瘋了。而也許我眞是瘋了。

但是如果你眞的要聽我這一面的故事，讓我告訴你：誰不會偶爾瘋狂一下啊？誰沒有開車窮繞過某個街廓，希望能看到某個特定的人出來；誰不會老是去某家特定的咖啡館，或著魔的凝視著某張老照片；誰不曾苦苦計較某封信的每一個字眼，花四小時寫一封兩句話的伊媚兒，或盯著電話祈禱它會響起來；誰未曾夜不闔眼，痛苦地躺在床上想著她和別人相擁而眠的影像？

我的意思是，老天爺，說眞的，**哪樁愛情不瘋狂呀？**

也許這只是進一步的妄想，但是當我坐在我們老樓房街上的車子裡時，我已經不再指望她會接受我回去了。老實說，我只希望坦雅在讀我們的報紙頁時，能夠至少想到我。

我真的覺得自己已經比較好了。

所以，當我啓動車子準備要回家，而他們穿過馬路正要往坦雅的公寓走去時，我和其他人一樣驚訝，那痛楚竟又回來了，就和我在十月底那晚，第一次看見公寓的燈光熄滅時的痛楚，一樣深，一樣的赤裸裸。

我告訴另一位警官，在現場的那位，說我不記得接下發生了什麼事，然而那不全然是實話。我記得疾馳引擎的嘶啞吼聲。我記得切過車陣，擦撞到什麼的感覺——一輛車，後來他們告訴我——而且我記得衝上人行道，並且削到路燈桿，我也記得輾上樓房的突出角落，我還記得就在他們打算要轉開時，我心裡的些微遲疑。但是我記得最清楚的，則是一種通體放鬆的感覺，知道這一切很快就要結束，然後我再也不必看見燈光在那間冰冷的公寓裡亮起來。

# 無助的小東西

# Helpless Little Things

我幹伊娘的恨死了波特蘭。

這個城市如此的熱誠，又如此的自鳴得意。謝爾頓監獄這裡有個因爲安毒被關的傢伙是從波特蘭來的，連他都是這副德性——親切到令人無法置信。和很多白粉毒蟲一樣，這傢伙也是一口爛牙，所以他發不出R的音，我以前常拿這個來作弄他。

**所以你是從波蘭來的？**

波特蘭，他老兄會平靜的說。

**所以你比較喜歡人家叫你波蘭仔還是波蘭佬？**

不是，我是從波特蘭來的。

滾你的蛋吧，波蘭佬。

然後有一天在放封場上，有人因爲這可憐的無助傢伙站得太近而對他動刑，打掉了他兩顆發黑空心的上門牙。說也奇怪——從那以後，他又能發R的音了，但是從此他說話都會伴隨一股低沉的口哨聲。所以我們就改叫他肯尼吉。事實上，他相信這是一種進步。

我猜我討厭波特蘭，是因爲我在那裡遭到一次打擊。那也是一件憾事，因爲那是樁完美的波特蘭騙局。我住的大樓裡有個傢伙，是「綠色和平」的志工招募員，有一天，他忘了鎖車子，我把他的宣傳小冊和報名登記日誌都偷走。我不能在西雅圖用那些屎，所以就開車到波特蘭的聯合車站，撿了兩名看起來像大學生的流浪小鬼，把他們擺在市中心。其中一個是女孩，一個嬌小的紅髮女，叫做茱莉，還有一個混混，叫做凱文。我把娘砲凱文擺在距離鮑威爾書店一個街區的本塞德路，把甜心茱莉擺在百老匯大道，在諾德史壯百貨公司前面的街角。

凱文不錯——友善，會與人做良好的視線接觸——但是茱莉呢，那才是天縱英才：十九歲，又短又捲的紅髮，而且在嬉皮洋裝底下，藏著看似姣好的身材。她被踢出家門，因爲指控繼父對她毛手毛腳，雖然那種故事我聽過不下一百次了，但是從她嘴裡吐出來，卻叫人好生不忍，因爲，就像許多好看的女孩子一樣，她似乎相信，是她的錯。

我以爲書店會是一個比較理想的地點，但是比起茱莉在諾德史壯百貨公司的收成，可差遠了——沒有誰比有辦法花六十大洋買一條領帶，心懷罪惡感的白人自由主義者，更熱心的想幫助環境。但是等我給他們倆對調位置以後，茱莉在書店的成果也超屌，所以，一切其實都是因爲她。

這簡直太容易了：兩個小鬼攔住逛街的人，給他們看「綠色和平」的手冊，並且央求他們報名參加。謝天謝地，大多數人或不願意參加，或聲稱他們已經是會員，卻很樂意捐一次錢，特別是當兩個小鬼說，他們正在試圖籌措四千大洋，以便能登上阻擾捕鯨的「綠色和平」大船時。我從國稅局網站印出一些減稅收據，眞令人驚奇，這樣就能說服多少人我們是合法的。這是這檔生意的現金面：五元、十元、二十元，和少數的五十元鈔票。光是第一天，凱文就收到將近四百元，而茱莉則收到六百五十元。我砍一半，剩下的五百二十五元當做營業酬勞，然後賣一些大麻給凱文抵他的其餘所得。我也想賣一些給茱莉，但是她搖頭。**我需要錢更甚於大麻，丹尼。**

當然，有些逛街民眾覺得不安或可疑，不願意給現金，或聲稱他們沒有帶現金。這也沒關係。就如我告訴兩個小鬼的：**使他們自願掏給你，你想要取得的任何東西。**所以兩個小鬼會面露難色的提議使用信用卡和支票，但是說：「綠色和平」不鼓勵這樣做。而且還說，他們需要看個人證件。沒有什麼比懷疑更容易消除懷疑。

那才是真正的斬獲：信用卡號碼和個人支票。每取得一組信用卡號碼，我就賞給小鬼二十元，但是藉由每一組號碼，我可以從一個墨西哥傢伙那裡換得四百元；兩個星期之內，我已經提供他十七組號碼。給我你的信用卡號碼，在你還來不及把皮夾收好之前，我就可以在墨西哥用你的卡號刷掉四千大洋了。

支票更簡單。在西雅圖，我認識一位老兄，除了印假支票，不幹別的事。他有證件模板可以製作臨時駕照，很快的，我們就在全州各地兜售起假支票。

這一切只能算是一種良好的業外消遣，我真正的正職是從加拿大卑詩省運送大麻。我的地盤是華盛頓州和奧瑞岡州，從貝靈漢一路南下五號州際公路。沿途有七個站要停：西雅圖、塔科馬、奧林匹亞、波特蘭、尤金、塞勒姆，和亞什蘭。一星期兩趟，上去再回來，那表示每星期有兩晚會經過中途點，波特蘭。一般人心目中對大麻走私販有某種固定的形象——白皮膚吸毒青年，穿鮑勃．馬利[1]T恤——但是一星期得跑一千五百哩，後車箱載著六公斤的貨，我頭殼壞了才會那樣穿。所以我穿全套的西裝，頭髮理得短短的，一絲不苟地旁分，就像五〇年代的超級英雄。但是關鍵在於我的車：我一定是全美國開別克二〇〇六灰色盧塞恩的最年輕駕駛。即使條子路檢，就算我

1 Boy Marley，牙買加歌手，雷鬼音樂鼻祖。

嘴巴點著大麻菸捲，鼻子頂著古柯鹼湯匙，橡膠管束起來的臂膀上掛著注射針筒，甚至前座躺著斷氣的妓女，他都會告訴我，開車小心，祝你今天愉快。

沒有哪種花招是可以永遠得逞的，當然，我也知道那個「綠色和平」柬柬有上百種破局的可能：兩個小鬼偷吃我的、標靶對象起疑、信用卡公司嗅出不對勁，或眞正的「綠色和平」被惹毛。我給這另類活兒設定三個月的時間。現在是十一月初，所以我想這招至少可以玩到聖誕節過後——趁銀行和信用卡公司都忙到沒時間發覺戶頭溢領時——趁機賺點零用，然後轉他途繼續前進。而同時呢，我也十分小心。回程經過波特蘭時，我一定會去把「綠色和平」工具收集回來，這樣小鬼們就無法自由營業。我會把茱莉和凱文移來移去，努力和眞正的募款志工保持距離。

而且兩個人都有過一次這樣的經驗：我把他們叫到跟前來脫光衣服，好確定他們沒有私藏營收。這是超猛的爛手段，但是如果做得對，你只需要做一次就夠了。那衝擊如假包換，小鬼站在你面前，屁股快凍壞了，而你則一件一件的搜查他的衣物。你也必須讓他站夠久，同時又將他視爲無物。然後，最後——好讓他知道你敢用到多極端的手段——叫他撥開兩片屁股肉，就和監獄的搜索一樣。對付毒販，這是一定要的，但即使不是，我還是會這樣做，好提醒這些小鬼，他們什麼都不是。人肉一塊而已。

我會第一個坦承，我十分盼望和小茱莉上演這場搜查大戲。並不是因爲她有脫衣舞孃般的身材；她其實很嬌小。我也不偏好趙飛燕型的體態。但是她走動的樣子別有韻味，像流動的糖漿，讓我禁不住好奇，那層層衣物底下包著的，是個什麼樣的軀體。

挑選旅店時，我和挑車子一樣小心。我不住簡陋的摩鐵。在波特蘭，我入住市中心的希斯曼旅館。我喜歡他們穿英國皇家禁衛軍制服的門房，而且我喜歡坐在夾層樓的壁爐火旁喝芝華士威士忌，和女性企業界人士眉來眼去。那才是我的口味，穿套裝的女人，而不是無家可歸的小女生。在希斯曼旅館的第一晚，我泡上一個金髮的處方藥廠商業務代表——完美無瑕的化妝，皮拉提斯堅實的臀部。**我跟你同一行**，我說。經過我們一番雲雨狂歡之後，如果他們必須給我房間的牆壁重新塗泥上漆，我一點都不會感到驚奇。

在波特蘭把戲進行一個月以後，我把茱莉叫上來我的房間。我坐在蓬軟的大床上，告訴她把衣服脫掉。大顆的淚珠立刻滾落她的面頰。

不，不是妳想的那樣，我說。我只是要確定妳沒有偷藏錢。一星期之前，我才脫衣搜查過凱文，他氣急敗壞。**丹尼，你怎麼會認為我可能偷你的錢？**但是茱莉只是點點頭，轉身背對著我，眼睛望出去窗外，然後開始寬衣解帶。真不敢相信她怎麼會穿這麼多層衣服——毛圍巾、法蘭絨衫，還有救世軍二手貨。然後，最後脫到只剩下……她。蒼白的小小身軀。長著雀斑的肩膀。她在顫抖。她別過去。我可以看見她脊椎的每一塊小小突起。事實上，是她的背部感動了我，那背部往下漸漸變細變窄，連接到小蠻腰，那個腰，我用兩隻手就可以完全圈起來。

然後她哭了起來，不斷發出小小的嗝氣聲。

我想我這輩子從未感覺這麼齷齪。她這麼小。全身上下沒有一塊刺青或任何體環。搜查她的衣物時，我轉過身去。那些衣物還有體溫。我從來沒感覺過這麼性慾高漲，而同時又這麼的下流可鄙。

媽的，我就知道她沒偷我的；她的吸金功力還勝過凱文二比一呢。

沒事了，蜜糖，我說。妳現在可以把衣服穿起來了。

我沒有碰她，然而，脫衣搜查的舉動改變了茱莉和我之間的關係。她不再正視我的眼睛。甚至她的營收也開始下降。我從咖啡館監視，她看起來就好像逐漸在萎縮。以前她會主動向逛街民眾走去，現在她軟趴趴地靠著牆，等著人家來和她做視線接觸。很快的，凱文的吸金能力超越了她。這種事也會發生在毒販身上：他們失去勇氣，然後開始萎縮，直到，最後，完蛋。

十二月中旬有一天，在靠近這樁生意的尾聲，我在鮑威爾書店對面那家小吃，給茱莉和凱文各買一片披薩。我解釋，聖誕節過後，我們必須收攤，但是如果他們需要工作，我可以在別的事上雇用他們。當然，我並沒有眞的要再使用他們；但是你總要讓他們以爲，你可能還會有錢途提供給他們，這樣他們才會對你保持忠心。

我什麼都願意做，凱文很快地說。

茱莉不發一語。

妳呢？我問她。

你才不要用她呢，凱文說。

凱文和茱莉之間有祕密。她撞他一下，就好像是在叫一個七歲小孩閉嘴一樣。

這是怎麼回事？我問。

茱莉把她的錢拿去給「綠色和平」，凱文說，然後他縱聲大笑。

凱文說這個故事的時候，她只是瞪著地上。原來她跑去老城區的週六跳蚤市場，在那邊的木塞德橋底下，有一個「綠色和平」攤子。她站在那裡讀他們的文宣，看攤位後面的那些孩子——如此的熱誠，如此的堅信。然後她就……心軟了——於是就把她從我們的活兒當中存下來的所有錢，將近一千兩百元，都拿出來捐了。

老天爺，茱莉，我說。

還沒完咧，凱文說。然後她還想說服我，也要把我的錢拿去捐。這才是眞正令他受不了的地方。

凱文說這個故事的時候，茱莉又淚眼汪汪起來。那讓我心裡好過一點，她低聲說。然後她對凱文說：我以為你也會想要覺得好過一點。

我覺得很好，他說，同時咬一口披薩。

茱莉，我溫和的問，妳覺得我們做的事是錯的嗎？

她微微的點一下頭。

因為那確實是錯的，茱莉，我說。我是西海岸的錯事批發商。我把身體往前靠。現在，我可以告訴妳，我們和其他任何生意沒有什麼兩樣，等等之類的屁話。我可以告訴妳百萬個謊言，茱莉，但是妳捫心自問：妳真的有一秒鐘相信，市場那些小孩子救得了一隻他媽的鯨魚嗎？

她抬起頭來。他們可以試啊。

得了吧。妳知道這是個該死的冷酷世界。妳知道這世界是怎麼對待無助的東西的，不是嗎，茱莉？

是，她囁嚅的說。

那就對了，我說。妳知道。那些鯨魚本來就死定了。所以幹伊娘的生意人，幹伊娘的諾德史壯百貨公司，幹妳的鬼祟繼父，也幹你的瞎眼老媽。如果妳要回去妳媽和她老公的家，要去拯救那些鯨魚，那也幹伊娘的隨妳吧，茱莉。

好了，這場演講——或者說它的某些變形——我已經發表過不下五十次了。但是和小茱莉發生的這種事，我可從來沒有遭遇過。當我提到她的繼父和老媽時，她身體稍稍痙攣了一下，然後她站起來。你說得對，丹尼，她說。謝謝你。

就這樣，她轉頭就走。

我認識一個我們可以用的女孩，凱文說

我只是坐在那裡，注視著她走開，想著活在那些衣服底下的那個纖細女孩——那個背，那個腰——並且但願自己說了不一樣的話。所以，就這樣。結束了。我告訴凱文，再兩天，等我回來路過波特蘭時，會再和他碰面，但我其實並沒有打算要和他們其中的任何一人再見。

那個禮拜，我照例到貝靈漢提貨，然後開始南下。我在西雅圖卸一些貨、收錢，在奧林匹亞卸一些貨、收錢，然後沿著五號州際公路南行，駛向波特蘭。我忍不住一直想著小茱莉。我眞的沒有計畫要這樣做，但還是不由自主的下了高速公路，往和他們見面的聯合車站駛去。

凱文在那兒。我裝作沒事的問起茱莉。

她被人痛扁一頓，他說。

誰幹的？我問。

他聳聳肩。他說她有時候會在某家波希米亞咖啡館閒晃，果不其然，我在那裡找到她，裹在一層層嬉皮衣服裡，正在這充滿廣藿香水味的惡臭屎坑裡看書。一走近去，我就看見她眼睛底下的泛黃瘀青。她的下唇也腫得很大。

看到我的時候，她畏縮了一下。

誰幹的？我問。

她一臉困惑。沒人。

就是在那當下，我懂了。**妳回家了，是不？在我告訴妳以後。是妳繼父幹的嗎，茱莉？**

又是那漣漣的淚珠。她低頭看著自己的大腿，啜泣著。

我坐在她身邊的包廂座，用手臂環抱著她。小心翼翼的，彷彿她是玻璃做的。沒事了，我說。

我帶她去希斯曼旅館。服務員對她頂了頂他的蠢英國帽致敬，她露出笑容。我帶她上樓，這樣她才能沖澡梳洗。我既想要待在房間裡，又不想要待在房間裡。後來我去諾德史壯百貨公司，幫她買了一些衣服。我回來的時候，她穿著白色的毛織旅館浴袍，凝望著窗外。我把衣服放在床上，並且告訴她，我會在下面的夾層樓等。

衣服太大了——一條長褲，一件毛衣，和一件大衣——但是她似乎不在意。我們在夾層樓用餐，就在壁爐火的前面。她抬頭從高大的菜單上方看我。說她是素食主義者。那還用說嘛。她點：**日曬番茄乾帕斯多醬義大利餡餃**，當侍應生糾正她：**培斯多醬**時，我眞想踢那個傢伙的屁股一腳。

她狼吞虎嚥，彷彿那是她的最後一餐。我很小心地什麼話都不說。用餐完畢，我叫服務生把車子開過來。我們上了車。那時是八點三十分。

我告訴她，我打算怎麼做。

不，她說。請不要。那只會使事情更糟。

**聽著**，我說。**我跟妳保證……無論發生什麼事，都不會使事情更糟**。我想拉她的手，但是我沒有。**這是個冷酷的世界，茱莉。如此而已**。

他們住在比弗頓。我們開到一處長條形小型商場的前方；她微笑指出以前打過工的「咖啡族」咖啡店。她望出去窗外，我們快到的時候，她整個人都縮進新大衣裡。

**就是那一間**，她悄聲說。我把車停下來。那是一棟白色的大房子，前面立著四根大型的露臺樑柱。房子的每一樣東西都令我火大——黑色的百葉窗、聖誕節的燈火，等等。但是眞正激怒我的，是車道上那輛黑色寶馬牌轎車。咱這兒開的是別克盧塞恩，而這個猥褻犯竟然可以駕寶馬？

**求你**，她說。**我改變主意了。算了。我們走吧**。

我抓住她的小肩膀。**聽著。我去跟他談談。我不會傷害他的。好嗎？**

然後她抓住我，給我一個擁抱，而即使在毛衣和新大衣的包裹之下，我仍能感受到那嬌小的背部。她在顫抖。我把暖氣轉強，溫柔的把她推回座位裡，然後跨出車子。

我走上去房子那裡，按門鈴。門邊擺著一頭小馴鹿。老實說，我不知道自己打算要做什麼。我只知道，他來應門的時候，他身上有某種東西刺激了我。

他大約五十歲，黑髮就像我一樣旁分。體格不錯，但是臉皮鬆垮垮的，彷彿最近才減掉很多體重。

需要幫忙嗎？他問。

我的手彷彿是屬於別人的。我把他往後推進屋子裡。不知道耶，我說。你能他媽的幫我什麼忙嗎？

他跌一跤，手忙腳亂地往後爬。

我踢他一腳，悶悶的撞擊聲，就像有人戴著手套鼓掌。是喔，你可以幫我忙，幹伊娘的兒童性騷擾犯。我就是在那時候突然意識到，我會殺死他。我幹過許多鳥事，但是之前從來沒殺過人。

他往樓梯橫向蟹行。黛博！

樓上傳來一個女人的呼聲，卡爾？

待在妳的房間裡，黛博！我仰頭對樓上喊。然後我又踢他一腳，力道更重，踢在他的肋骨上。那使他一時喘不過氣來，整個人崩塌在樓梯上。天哪，我要殺了他。但是心中想到茱莉，於是我彎下身，一把抓起他的頭髮，鎮定地對準他的耳朵說。你敢再碰她一次，我就會慢慢的把你折磨死，慢到連你都不知道自己已經死了。聽懂了沒，繼父？

是，他說。求求你……

即使很想再繼續跺他幾腳，我還是站起來，並且開步往門口走去。自我克制：那才是讓一個傢伙在道上維持不墜的要件。在門廳的牆上，掛著黛博、卡爾，和兩個小孩子的照片。這混蛋竟然連她的照片都不掛。

我想我就是在那一刻明白過來的。我踏出去屋前的露臺。那輛盧塞恩不見了。我呆立在那裡一分鐘，盤整算數。我拍拍自己的西裝外套。我的皮夾子不見了。那個擁抱。當然。我回望屋子，好奇她是如何選中這間的。她眞正的父母就住在這一帶嗎，還是這只是隨機的選擇？在我後車箱的艙蓋裡，有在西雅圖、奧林匹亞，和波特蘭賣貨的六萬塊錢。我還沒有送貨去塞勒姆、尤金，和亞什蘭，所以在那個艙蓋的後面，還有另外値三萬或四萬塊錢的大麻。我站在那個露臺上，被這樣的膽大妄爲所震撼，臉上掛著一抹白癡般的蠢笑。

每一個打擊都是厄運。例如，誰會想到，在那麼好的社區，會有一個條子住在附近？但是某位打擊金融犯罪的警探就剛好住在街道的斜對角，顯然黛博從樓上打電話給他。所以正當我站在露臺上傻笑的時候，那名肥嘟嘟的狗兒子就氣喘吁吁地從街道對面跑過來了，他一邊喊叫一邊掏槍叫我趴下。我別無選擇，只好跪下來舉手投降。

他給我銬上手銬時，我還在傻笑，而且在第二天早上把我拖到法官面前，控告我侵犯人身罪時，我依然傻笑不止。

我有一位偉大的律師，是個多半做契約訴訟，很少接犯罪辯護案的傢伙，但即使是他，都說我是遭人陷害的。我顯然眞的嚇壞了可憐的卡爾，說巧不巧，他還眞的是照片裡那兩個小孩的繼父。我得到保釋，最後以輕罪人身攻擊認罪，遭判巨額罰款和賠償，但是不用坐牢。我必須寫道歉信給卡爾。我某種程度上說的是實話——說我找錯房子，而且很抱歉。當然，我必須換車取代那輛盧塞恩，並且設法塡補茱莉偷走的那些錢和大麻，但就某方面來說，我算是好運。要是我眞的殺了可憐的卡爾呢？什麼都不值。

從那以後，我就不喜歡在波特蘭過夜，但是確實曾停下來幾次四處打聽她的消息。結果就好像她從來沒有存在過一樣。我發現娘炮凱文在奎茲諾斯三明治連鎖店工作，但是我相信他也被她耍了。他甚至連她姓什麼都不知道。我問他關於她遭到痛扁那天的事。**她有叫你要告訴我她被人家打了嗎？**

**沒有**，他說。**她說那沒什麼，叫我不必擔心。**

可眞狡猾。不可思議……這整件事。我自己也犯了錯——賣大麻給凱文，因此被她猜出我在波特蘭是做什麼營生的；上了哭哭啼啼的當；還有讓車子的引擎開著，因爲她會冷。

但是問題不在我。一切都是因爲她。一切都是如此的精心縝密；她只是讓整個情勢緩緩地推向她。**使他們自願掏給你，你想要取得的任何東西。**

從那之後，一切都令人覺得……很脆弱。發生那樣的事，會動搖你的信心。而且一旦你明瞭，所有的事情都是如此的搖搖欲墜和易於破碎以後，你會開始想像自己犯了錯誤。然後，我猜，栽跟頭只是時間早晚的問題而已。

我一向以爲，襲擊會由下往上而來，但是當我終於被逮，襲擊則是來自於頂端，那個我跟他進貨的傢伙。在他們監視我的期間，他身上裝了一個月的竊聽器。他們甚至在我車上裝全球定位偵測系統，以取得我的聯絡對象。從茱莉詐騙我那天算起的四個月以後，他們在我的新盧塞恩後車箱起出四磅大麻，將我逮捕。我認罪判刑六年。

在這次被捕之前四天，我在波特蘭度過最後一夜。我原先沒有這個計畫，但是實在太疲倦了。而且，也許也有戀舊之情吧。我在希斯曼旅館訂了一間房，坐在夾層樓，點了一份日曬番茄乾培斯多醬義大利餡餃吃。第二天早上，我去舊城區逛週六市集。那地方擠滿了各種販賣印度身體彩繪和羊駝毛圍巾的屎爛藝術家、穿絞染T恤的「死之華」樂迷，和陶藝騙棍。

沒有「綠色和平」攤位。

就在打算離去的時候，我看見她，瘦小的紅髮波希米亞妞兒，從我身邊走過，穿著我那天幫茱莉買的大衣。我追上去。**嘿！**

我不知道自己打算做什麼。我只是想跟她說話。

但是等那個女孩轉過身來，不是茱莉。只是一個穿著大衣的紅髮女。**對不起**，我說。**我弄錯了**。她說，**沒關係**。

這是個該死的冷酷世界。但是有那麼一、兩秒鐘的瞬間，就在人潮從我們的周圍流動而過時，這個紅髮女孩和我凝定不動地站在那裡，就像河流當中的兩尊石頭。

# 請求妳

# Please

湯米星期六得到探視他小孩的機會，三個星期以來第一次。——搞什麼鬼，卡菈？

——我家裡的人硬要我們多待一天，不騙你。

卡菈的男朋友傑夫不由自主的抽搐，眼睛發黃，手臂上有一處又大又紅的膿腫。他扭動下顎，眼睛盯著電視，連頭都不抬一下。

湯米叫小孩先上卡車。在前廊上，他對卡菈靠近過去。——妳男朋友毒癮發作了。

卡菈往後一縮。——沒有，他才沒有。

湯米離開她，走向卡車。

嘿，爹。——小孩說。

——媽上禮拜和你一起待在外婆家嗎？

——沒有。只有我和外婆住。

——她帶你去你喜歡的那家披薩店嗎？

——是啊。有那個你可以跳進去的球球遊戲場。外婆不能吃披薩，因爲胃部那根管子。

湯米發動卡車引擎。車子駛動，他鬆了一口氣。——知道你媽去哪裡了嗎？

小孩搖頭。——我在那些球裡撿到一塊錢。

他們去迷你高爾夫遊戲場。湯米把車停在山丘上，以防萬一需要利用滑行起動。小孩握桿的姿勢不對。然而湯米依舊覺得他打得不錯。

——傑夫曾經自己一個人看顧你嗎？

——有時候。

——他有帶你去哪裡嗎？

小孩抬起頭來。——我不應該說。

——你也不應該對我保密。

——我們上店裡。

——雜貨店嗎？

——是啊。

——多少次？

——我不知道。很多次。

——有其他人去嗎？

——有啊。

——他們買感冒藥什麼的嗎？

——嗯哼。

——然後怎樣，你們一起回到車子那邊會合嗎？

——那是一輛廂型車。

他們晚餐吃烤乾酪辣味玉米片。配百事可樂。

回到卡菈的房子。湯米叫小孩在卡車裡等著。他兩階做一階的快步跑上去，連敲門都省了。

他迅雷不及掩耳地把傑夫壓在牆上。——別碰我的孩子。

傑夫一言不語。卡菈也沒吭聲。

湯米想要有個對象可揍，但是傑夫軟趴趴的。空有衣冠。所以他轉向卡菈。——如果妳非吸那個屎不可，把小孩子交給我。

然後他補上一句——請求妳。

問題就出在那裡。他甚至不知道自己幹嘛說那句話。但是小孩子進去屋裡以後，湯米坐在屋外的卡車裡，莫名地顫抖起來。他只是不停地想著那句話，請求妳，卡菈呆呆地站在窗口，一邊咬指甲，一邊注視著他。

# 不要吃貓

Don't Eat Cat

# 1

晚間，我拴死大門鎖緊窗戶，這樣住在城裡還算不賴。我經常待在家裡。關熄屋外燈火，把垃圾桶收進來：這屬於簡單的常識。明顯可推：我沒有寵物。我不鎖車門，這樣他們才不會為了尋找食物和可變賣的小物品打破車窗。整晚播放低沉的音樂，可以淹沒外面的咆哮聲。但比較起來，夜晚還不算太差。白天才是要忍受殭屍的時候。

我知道。我不應該這樣稱呼他們。

我不是那種反動份子，相信他們應該被關起來，斷絕生育能力，或禁錮在所謂的殭屍城。我認為**甲狀腺分泌不足腦炎患者**也有十分合宜的工作可做：例如白天的勞力職務、晚間的工友。但是雇用殭屍從事食品服務業？我認為根本就是錯誤一場。

那天，我又有一個診所掛號，而且一連串的侵入性檢查，都得到不樂觀的結果。當我進去辦公室附近那家星巴克財經店時，和雅加達的一場網路視訊會議已經遲到了。等輪到隊伍的前面，站在櫃檯後面服務我的，偏偏就是一個呈現所有病徵的二十出頭傢伙：皮膚半透明，滿口爛牙，脫脂牛奶般的眼睛——無一不備。百分之百的殭屍（我知道：我們不應該這樣稱呼他們）。

他的聲音像攪在打汁機裡的冰塊。「我可以為你服務嗎。」

「大杯。豆奶。蔓越莓。拿鐵。」我極盡清晰和耐性地說。

他用那打結的咕嚕咕嚕聲回我：「大伯兜奶滿月沒拉屎？」

我瞪著他。「大杯……豆奶……蔓越莓……拿鐵。」

「大伯賭爛忙也迷哈嘍？」他遲鈍的眼睛眨呀眨，而且他一定有聽出我口氣中的不耐——「不是！」——因爲他開始低吟起來，也就是當他們受到刺激時，常有的那種反應。「大伯！」他大叫，站在他後面得來速銀行出納/咖啡窗口的經理，丟給我一個眼色，像是在說，老兄……，我回給經理一個眼色（你能怪我嗎？）。在星巴克財經店裡的其他人，全都往後倒退一步。

聽著，我懂經濟學。我在國際食品/金融界工作。我知道自從邊界關閉以後，要塡補美國服務業空缺有多麼困難。不僅如此，我了解雇用他們的人道面。嘿，在研究人員得出甲狀腺分泌不足腦炎和夜店流行毒品間的關聯性以後，我的前女友開始注射「取代劑」。事實上，瑪西選擇過那樣的生活。所以，是的，我知道他們的腦袋怎麼運作；我知道抽象和取決於上下文的語言會對他們造成問題；我知道他們很容易受刺激；但是我也知道，只要沒喝醉或發狂，殭屍也有可能和任何人一樣平和。而且，是的，我知道我們不應該稱呼他們殭屍。

但是，得了吧？大伯兜奶滿月沒拉屎？這句話有沒有意義可能都還有待斟酌吧？

那天，星巴克財經店的經理走過來，把一隻手按在殭屍的肩膀上。「你做得很好，白蘭度。」經理說。他看起來五十多歲，戴著雙耳式耳機，打著領帶，並且穿著短袖襯衫，是那種教育程度不高又缺乏家世背景，努力想藉工作打拚從飲食服務業爬上零售金融業的可憐人。經理對我微笑，然後在白蘭度的觸控式點餐螢幕點下「拿鐵」，並且從我的i手機中扣款六十元，同時我走到另一條隊伍去等飲料。而在飲料領取櫃檯，誰在那兒準備我的飲料呢？又是一名殭屍，一個女孩子，頂多不超過十八歲，站在那兒，瞪著死魚眼，正在蒸餾我的豆奶。

兩名殭屍。正值早上最繁忙的時段。在星巴克財經店。於西雅圖市中心的國際／金融區。沒搞錯吧？

正當經理在緊盯幫我蒸餾豆奶的殭屍女孩時，白蘭度把下一個點餐也搞砸了，他把一客簡單的雙份卡布奇諾，講成「花斑貓賓果——」，而說到貓字時，還飢渴的頓了一下，你可以感覺到，在星巴克財經店的其他商務人士都緊張起來，連穿短袖的經理都知道這下子麻煩了，無疑，是回想起他們的員工訓練（顯然，他們放四或五個這種人和一隻眞正的貓同處一室，並且反覆強調**不要吃貓**，那一定很困難，因爲殭屍的每一根神經都在告訴他要**吃貓**）；於此同時，可憐的白蘭度則發出低微的吟唱，眼看就要全面引爆。在那當下，當然，經理應該叫星巴克財經店的警衛從銀行那邊過來，或通知與他們有契約的無論哪一家保全公司，但是，沒有，他對站在店裡的我們十來個顧客舉手示意，然後鎮定的走過去對那個小子說：「白蘭度，你何不到休息室去放鬆幾分鐘？」但是白蘭度滿是血絲的眼睛急掃過全店，並且開始發出那種低沉的粗嘎呻吟，而且，聽著，我不是不同情經理，或白蘭度，或那個正在操作蒸餾機，同時也在不住抽搐的殭屍女孩，女孩望著她皮膚半透明的同事，現在，他們兩個人心裡都在想著貓——貓——貓——，就像在幼稚園裡聽到有人喊巧克力，口水都要流出來了，現在，殭屍女孩也開始發出低吟，我的拿鐵豆奶水溫已經爬升到兩百度——「小姐。」我說——同時我的豆奶在發出嘶嘶聲和咕嚕咕嚕聲，正在邁向核子災難，滾水聲使每個人都焦躁起來，經理還在鎮定的說：「白蘭度，白蘭度，白蘭度」，而我猜我還在爲醫生檢查的不良結果心煩氣躁，因爲我承認，我提高了嗓門：「小姐，妳要燒焦了。」而當她連理都不理我，只是繼續一味地低聲吟唱，並且注視著白蘭度時，我擊掌大喊：「別煮了！」就在那時候，經理猛瞪我一眼，意思就是說，**你在幫倒忙！**媽的，我知道我在幫倒忙，但是誰沒有遇過挫折啊，我的意思是，我不想過那個經理的人生，我當然也不要當那個甲狀腺分泌不足腦炎全面發作的二十一歲青年，但是我們各有各的十字架要背，不是嗎？我只是要買一杯蠢咖啡。我當時大可氣呼呼的大步走出去就好，但是我的i手機已經被扣款，而且我想這當中還有別的，別的關乎個人的面向——我願意承認這點——我的意思是，你會感覺如何？如果你的女朋友如此消沉，真的**選擇**開始使用「取代劑」，明知那會使她變成反應遲鈍、縱欲過度的夜行動物，你會感覺如何？如果你愛的女人，真的**選擇**寧可過殭屍的生活（我知道，我們不應該……），而不要和你過顯然痛苦到難以忍受的正常生活？所以，**幹譙我吧，告我吧，對對對**，我就是脾氣不好！媽的你一點都沒有看錯，本人就是壞脾氣，我對那個可憐的蒼白女孩大喊：「嘿，殭屍！你把我他媽的拿鐵煮焦了！」

我知道。

我們不應該稱呼他們殭屍。

不然我應該怎麼說：「不好意思喔，**不幸的甲狀腺分泌不足腦炎受害人**，請你停止燒焦我的咖啡」嗎？

我猜接下來所發生的事無可避免。隨著事況發展，我覺得糟透了。我到現在仍然覺得糟透了

——但是說一句公道話，就在白蘭度齜牙咧嘴攻擊經理，撲到那個可憐傢伙的胸膛上，兩個人一齊滾到地上時，我是當時唯一沒有轉頭逃跑的顧客。事實上，我眞的努力要引開他的注意力，就在他對不斷尖叫的可憐經理肆虐時，我用力拍掌，並且大聲喝斥。而且持平來說，白蘭度並沒有很過分。他咬了，但是沒有嚼……我猜應該是這樣說吧。他眞的並沒有打算要吃經理。他只是嚇壞了，而且受到了刺激。在當時大概對經理而言沒什麼差別吧，因爲白蘭度又叫，又咬，又抓，半透明皮膚下的血管暴突，而經理背貼地的躺著，一邊掩護自己的臉，一邊哭泣，「噢，天哪」，而就在白蘭度又咆哮又打人的時候，殭屍女孩還與他嘶聲共鳴，她仍然站在那兒，蒸餾著我的豆奶，而此時豆奶已經像岩漿一樣，汩汩的流出水壺的邊緣。而如果我要往自己的臉上貼金，大概可以說，我臨場的反應很快。我一把從她手裡把滾燙的水壺抓過來，把沸騰的豆奶潑在白蘭度身上，他像被繫上韁轡的馬兒把頭往後一仰，放聲大吼，轉身面向我，我轉頭往門逃去，此時白蘭度躍過櫃檯，有如一頭餓狼對我追來，當他直直的撲進兩名星巴克財經店保全的懷裡時，還撞倒了展示架上的咖啡杯和食物/房貸小冊子，兩名保全迅速用電擊棒把可憐的傢伙擊倒在地，最後，將他馴服。

當保全把五花大綁、戴上嘴套的白蘭度押進「荷利伯頓」私人保全車後座時，我和聚集的民眾站在人行道上，可憐的小子還在發出那可怕的嚎叫聲，令我寒毛直豎。

「發生了什麼事？」一個年輕人問。

「殭屍攻擊。」一個女人說。

我喃喃的說：「妳不應該那樣稱呼他們。」

這是好幾個月來的第一樁有紀錄攻擊，引起傳訊推特的熱烈討論，每當主題是有關甲狀腺分泌不足腦炎時，總是如此。推特討論持續了好幾個小時，比任何選舉新聞持久兩倍以上；那星期只有關於佛羅里達疏散事件的討論比它持久一點。大部分的聲音是來自於末日教派信徒，他們疾呼啓示錄的訊息，而主張回歸法律者，則呼籲再度掃蕩「取代劑」，另一方面，爲甲狀腺分泌不足腦炎患者請命的活動份子，則呼求慈悲、理解，和更多的政府金援，針對出生即已「取代劑」上癮的兒童實施輔助計畫，家庭支持團體則指責「暴躁的顧客」惹事生非（謝天謝地，我的名字沒有被提及）。在那之後，星巴克財經的股票掉了好幾點（我及時幫我的印尼顧客賣空整個咖啡金融股），該公司宣布，他們會「重新檢討他們的甲狀腺分泌不足腦炎病友再訓練計畫」。但是，老實說，事情看起來似乎只是會隨時間大事化小，小事化無。那名經理會得到豐碩的金錢補償，我會得到一杯免費拿鐵，殭屍會得到再訓練（「白蘭度。不要吃貓。」），而世界會繼續往前走。或者說，我個人是這樣認爲啦。

## 2

一切是在什麼時候變得如此悽慘的，每個人都有意見：這場戰爭，那場傳染病，世界人口跨過百億門檻，十二魔事件，環境災難，一再發生的經濟崩潰，集體自殺風潮，反生育法通過，核子意外，恐怖份子的輻射性炸彈，極地冰融，輪番出現的飢荒——等等，等等，已經到了沒有一次看傳訊推特時，不聽到某人說，這是世界末日或那是世界末日的境地——基因剽竊，食品工廠汙染，瓦沙奇暴動，沙烏地敢死隊，亞利桑那邊界戰爭。動物絕種。臭氧腫瘤。還有，當然啦，所謂的殭屍毒品。

但以下是我個人的信念。也許古今中外無啥差別。也許本來我們就一直都在面對世界末日。也許你活在世上一段時間，然後你明白你快死了，那是一件如此難以理解的瘋狂事實，你四顧尋找解答，而唯一的答案就是，世界一定要跟著你一起死。

沒錯，現在的世界似乎瘋了。但是當他們拿農民當祭品，當有人一出生就是奴隸，當他們屠殺第一胎的男嬰，把教士釘在十字架上處死，拿人去餵獅子，把人燒死在火刑柱上，當他們故意使人感染天花或梅毒，當他們用瓦斯毒死人，用火燒死人，丟原子炸彈炸死人，整個民族企圖把另一個民族從地球上滅絕，如果你活在那個時代，那樣的世界不也好像一樣瘋了嗎？

是的，我們毀了地球，融化了冰帽，破壞了臭氧層，而且總是會找到新的方法來彼此殺戮。是啊，我們以驚人的速度罹癌，自殺率破有史以來新高，而且，沒錯，有些人如此消沉，他們開始使用毒品，使自己變成皮膚蒼白的動物，整晚跳舞、性交，吃流浪貓、小狗、松鼠、老鼠，以及在極端、極端少見的情況下——統計數字說，你被雷打死的機率還比它大——吃人。

但，這就是世界末日嗎？去你的！世界末日一直都在。世界沒有變成屎。世界本來就是屎。

我要求的只是，把它管理好一點。

但是在發生星巴克財經店意外四天以後，末世教派信徒開始在星巴克財經總部抗議，於是該公司宣布，全面暫停他們的殭屍再訓練計畫，那使得避免甲狀腺分泌不足腦炎活動份子和支持團體，又重提殭屍失業率高達百分之六十的老話。然後，最慘的是，某些鄉下的維安自治會成員跑來西雅圖，用古董狩獵用來福槍殺死了一名十九歲的殭屍女孩，在一家夜店外面射殺她，然後把她的屍體丟在一家星巴克財經店外面。

這一切，只因爲我要比較好的服務。

殭屍女孩死亡的消息占滿新聞推特的版面。我無法停止注視她的照片。她灰白的皮膚在藍光下閃爍。那當然不是瑪西；那看起來一點都不像她，但是我無法停止想念我的前女友。那晚我坐在我們位於安妮女王山的公寓，瞪著我全身掃描的結果報告，所有的門窗都雙重上鎖，低沉的音樂在耳邊播放，我納悶，事情是否有可能變得不同。

## 3

瑪西有一個表姐幾年前，在大家還沒有這樣稱呼他們之前，變成殭屍。那是常見的故事：史蒂芬妮出身於貧窮的家庭，六年級的學力檢測分數很低——我們說的是只宜從事食品服務業，只宜做粗重勞動業的那種低。想像妳是一個十二歲的女孩子，被告知未來只能在沃爾瑪舒瓦伯公司當接待員。史蒂芬妮罹患兒童糖尿病，由於她父母申請基因療法已經遭拒絕，所以她自己能取得生育許可的機會等於零。因此她開始吸食「取代劑」。這剛好就發生在夜店的青少年發現，把減肥／促進新陳代謝的藥片磨碎服用，可以給他們提供一段令人陶醉而悠緩的荒唐時光以後，那藥力可以讓他們整晚跳舞打砲，而雖然那已經被證實和甲狀腺分泌不足腦炎的症狀具有關聯性——奶水狀的渾濁眼睛、蒼白的皮膚、日增的餓感，以及心智遲鈍的侵略性行爲——卻仍然阻止不了他們。對某些人而言，那似乎只是使服毒後的亢奮更顯誘人。

有一天，瑪西和我在看傳訊推特報導波特蘭東北區的暴動——時值反騷擾法和整個「不要叫他們殭屍」運動的論辯正在如火如荼的進行。

「可憐的史蒂芬妮。」我說。

「我不知道耶，」瑪西說：「也許她知道自己在做什麼。」

後來，上班的同事問我，你有起疑嗎？當然，某人離開以後，你會尋找各種各樣的線索，回顧一些突然具有重大意義的對話，但是老實說，那是我第一件想起來的事，亦即瑪西說她的殭屍表姐，**也許她知道自己在做什麼**。

當然，我已經知道好一段時間，瑪西不快樂。我們在一起的最後幾年，她很不好過，我們兩人都很不好過。我們大部分的朋友都已經搬出城。我們的公寓已經損失大部分的價值。那年秋天，我們的生育申請也豎紅旗——瑪西的基因掃描顯現一些退化現象。我告訴她，我不在乎有沒有孩子。但是那成爲我們之間階級衝突的一部分：我出身有錢人家，瑪西不是；我的學力檢測和基因檢測都拿A；她兩者都只達及格邊緣。我們開始談戀愛的時候，這些沒有一樣成爲問題。而且對我來說，仍然不成問題。但是當生育委員會說她不能有小孩子時呢？我猜那對她就忍無可忍了。

但是我知道瑪西在使用「取代劑」嗎？我不認爲我當時知道。你很難在事後釐清你所懷疑和你所知道的事。沒錯，那年春天她看似失常、精神混亂、緊張、妝化得更濃、飯吃得更多，然而不知怎地反而更瘦。然後我在工作上升職，調到亞洲部門，距瑪西遭革職之後僅僅數天。我們不會有事的，我一直告訴她，我的意思是指錢財上。但那對她而言一定很瘋狂，我只是一直在說我們不會有事。那年三月，傳訊推特上報導一個故事，是關於在木蘭區的一對男女，選擇要當殭屍。我從螢幕轉頭看瑪西，只是……隨口問問。**妳會這樣嗎？**

我想她一直在等我提起這個話題。「會。」她低聲說。

「會，什麼？」我問。

是的，她使用過「取代劑」。用過幾次。用吸的。

我問：「最近嗎？」她整個人癱在椅子裡。

「是的。」她說。

「多近？」

「我現在就用了。」她很小聲地說。

我們當時在客廳。我站起來。不知道爲什麼，當下浮現在我心中的問題竟然是這個：「妳從哪裡弄來的？」

她抬頭看我，在那一刻，我想我們想的是同一件事——怎麼，當瑪西告訴我，她在使用全世界最危險的夜店毒品時，我腦袋裡想到的第一件事不是她的健康，而是她從哪裡弄到毒品的。

幾個月前，瑪西和我才經歷過一段特別困難的時光。她的公司剛剛被併購，無可避免的裁員正要啓動。瑪西一直想要離開西雅圖，搬到離她家人比較近的地方，但是我的公司正在大展鴻圖，所以我否決了。她說我專橫自大，昧於事實；我說她是失敗主義者。我們分手幾個星期，而後明瞭自己犯了錯誤，於是又重歸於好。就是在她又回來那次以後，我開始懷疑瑪西曾經回去找她的前男友，安德魯。他是一家夜店的老闆，而且是一名**非殭屍**，也就是百分之十五的幸運兒之一，能夠使用「取代劑」而不產生任何令人不快的殭屍副作用。

所以我問：「你是從安德魯那裡拿到毒品的嗎？」

「不是，」她說：「我是從以前同事過的一個女的那裡拿的。」

「什麼女的？」

「你不認識她。」

「妳爲什麼要那樣做，瑪西？」

「噢，歐文，」她說：「這跟你無關。這只跟我有關。」

就是這種陳腔濫調把我給惹毛了。（「是喔，妳說得對，那只跟妳有關，瑪西……妳快變成一個**他媽的殭屍了！**」）我用力扯起她的袖子，看見她白色肌膚上的點點紅斑，天老爺，注射比吸食危險兩倍。一旦你的皮膚開始變質，那傷害就是永久性的了。她往後退縮、哭泣、道歉、答應會去接受治療，那晚我們上床時，我眞的相信我們能夠度過這個難關，相信我們及時發覺。第二天，我花全天的時間向所有飲食服務銀行申請貸款——星巴克財經、沃爾瑪舒瓦伯、肯德基/美國銀行。為了她的治療，我甚至可以抵押我的公寓、我的汽車、我的內臟器官，但是那晚我回到家，她已經走了。沒有簡訊，沒有紙條，什麼都沒有。

我聯絡我們的朋友和她的父母，還有她以前的同事，但是沒有人有瑪西的消息。我甚至去找她的前男友，安德魯，去他位於大學區的夜店，該地仍然叫做大學區，即使原來位在那裡的州立大學早在多年前就關閉了。安德魯禿頭削瘦——個子比我高一點，有一根長脖子和一對洞穴般的眼睛，凹陷的雙頰上痘皰斑斑。非殭屍總是看起來很蠻悍，彷彿他們剛剛以那身衣服跑完路跑，或者好幾個月都沒睡過覺。我們以前見過一次，在偶然的情況下，但是如果要我從一排人當中指認出他，我絕對沒有辦法，他的臉已經增添了許多歲月。安德魯從吧檯後面走過來，我可以聞到他身上的非殭屍味——像一碗混合汗水、香菸，和過期培根的湯。他瞪視我的西裝領帶，和我的羊毛大衣。

「貧民區觀光嗎，歐文？」

我環顧不甚高級的夜店，但是沒說話。

他把兩臂交叉胸前。「你要幹嘛？」

我解釋，瑪西開始在使用「取代劑」，而且失蹤了。我注視他的臉孔，看他是否對我告訴他的事早已知情。安德魯穿著一件黑色的皮外套，袖子太短。我看見他的一隻手在抽搐。他瞪著夜店的門。深深嘆一口氣。「她在吸嗎？」他低聲問。

「用注射的。」我說。他閉起雙眼，於是我明白他並沒有見到她。他問起她皮膚的狀況。

「是的，」我說：「像牛奶的樣子。」

「你先前沒注意到嗎？」他問。然後他低下頭。「抱歉。」

即使是非殭屍，使用「取代劑」仍然會縮短你的生命。使用那種屎，過的是辛苦的日子。我追隨安德魯疲憊的目光瀏覽他自己的夜店……上漆的窗戶，以及桌子與地板刮痕累累的木頭。他是不是好奇，我是怎麼找到這裡的？這不是一家完全的殭屍夜店，它的供應對象比較多是非殭屍和初次使用者；不，這裡不是地獄，但是是地獄的等候室。

「我沒有見到她。」安德魯說，然後他轉身走回吧檯後面。我大可將我的聯絡號碼傳訊給他就好，但是我將之寫在一張紙條上面，並且把紙條推過吧臺。他抬起頭來。咀嚼著一邊滿是痘皰的面頰肉，看起來好像想說什麼。我沒等他有機會開口就離開了。

我猜瑪西是隱身到已經開始被稱為殭屍城的那個區域裡了。果真如此，當然，我就太遲了。對於遭社會唾棄的殭屍而言，西雅圖是最糟糕的城市之一——舊佛瑞蒙區已經被主幹夜店、娼窯，和毒品注射場所把持，還有就是據說在優待價的快樂時段會釋出老鼠的酒吧——這些地方，使安德魯的爛夜店看起來倒像是四季大酒店了。

在那之後有兩年的時間，我都在等瑪西回來。但一直要到我上一次醫生檢查，並且得到不好的結果，一直要到白蘭度獸性發作，還有那個可憐的殭屍女孩死亡以後，我才終於感覺到，非得進一趟殭屍城去找她不可，那個我此生唯一愛過的女人。

# 4

溫蒂．蓋森是我的鄰居當中，最後一個還養寵物的：費多。牠是一隻宅貓，她很小心，總是注意不要讓牠跑出去，但是有一天，就在費多坐在窗邊看鳥時，溫蒂採購食物回來，貓兒一溜煙衝出門，下了樓梯，出了打開的大門，跑上街。

在傳訊推特開始報導甲狀腺分泌不足腦炎之後，一種新的經濟行業隨之出現：進入殭屍城尋找失蹤的孩子和配偶的私家偵探，並且把人帶去給號稱有辦法解癮的蒙古大夫，或外科醫師，一整行業的人，應允——實際上，謊稱——能夠反轉長期濫用「取代劑」所造成的影響。這些私家偵探中最惡質的，甚至願意承接貓的案子，客戶通常是上了年紀的人，他們就是無法接受毛毛真的不回來了的事實。有些私家偵探只是跑去寵物店，搞來一隻和照片契合的貓咪（「不，這就是毛毛；我很確定。」）溫蒂告訴我，她曾經嘗試透過克雷格偵探網雇用一個這種傢伙去找費多，但是那個傢伙只找人。「女士，」他說：「妳的貓不會回來了。」

我從溫蒂那兒要來那名偵探的名字，但是沒有馬上和他聯絡。我先嘗試所有我能想到的其他辦法：聯絡瑪西的朋友和家人，在克雷格網站刊登廣告。我甚至回去大學區的安德魯夜店，但是店已經關門了；如今取代它的是一家「垃圾車女巨星」二手食品店。沒有人知道任何消息。我毫無選擇。

所以我聯絡那名偵探，並且安排和他在我醫生的診所外面見面。我踏出去戶外沁涼的空氣當中，胸口仍然燒灼著輻射治療的痛楚，一名穿著麂皮長夾克的高個子灰白髮傢伙踏上前來。「我是米克。」

「我是歐文。」

米克五十多歲，額頭很高，一雙銳利的藍眼睛。我沒有在推特上解釋很多，但是他似乎也不需要細節。我跟隨他走去一輛紅色的古董油電混合車，我們坐上車子。我問他去哪裡替這輛老車找汽油，他只是對我微笑，彷彿這就是他的偵查威力的證明。

單一費率，他邊開車邊解釋，五千元事前預付。

我拿出我的i手機要讓他扣款五千大洋，但是他搖頭。「現金。」他說。

所以我們去最近的肯德基—美國銀行，我在那裡享有事先批准的最高食物貸款額。我在申請書上說謊，說是要去一家高級餐廳吃晚餐。米克點算五千大洋，把鈔票摺起來，塞進他的腰帶裡，然後開始開車。他從座椅底下抽出一小瓶私家釀酒，遞給我。我喝一口。是伏特加。

我拿出我的i手機給他看瑪西的照片，要告訴他關於她的種種，但是他舉起一隻手。「留著等我們到那裡再說。」我們正靜靜的沿著西湖往前開。

「到哪裡？」我問。

他突然嗆笑失聲。「嘿，有一個殭屍對另一個殭屍說什麼？」

我瞪著他。「你說什麼？」

「有一個殭屍對另一個殭屍說……什麼？」

「那是……笑話嗎？」

「反面烏托邦？什麼是反面烏托邦？那，就是唯一的烏托邦。」

我瞪著他。

「你知道什麼是反面烏托邦，對吧？」

我說我知道。

我們接近佛瑞蒙橋時已近黃昏。即使在佛瑞蒙變成殭屍城以前，極光隧道的建造就已經減少了進入佛瑞蒙的交通流量。現在是六點鐘，路上大概只有十來輛車子。橋的十字形支柱上掛滿了各式全像圖板，對濫用「取代劑」的危險提出警告，並且提醒人們，運送「貓以及其他寵物」進入佛瑞蒙區是違法的，最後還有一個巨大的黑白色看板寫著：「**警告：即將進入甲狀腺分泌不足腦炎密集區**」。

米克又把酒瓶往外一舉。「有一對夫妻想在西雅圖找一間負擔得起的公寓，他們打電話給一名房地產仲介。」他說：「仲介說，我知道一個地方，五間房，有城市景觀。壞消息是，位於殭屍城。好消息呢？那裡對寵物非常友善。」

我灌一口他的伏特加，我的手在顫抖。佛瑞蒙的街燈顏色是經過著色的藍——那對他們有平撫的作用——這給所有東西都抹上一層奇異的水底光彩，就好像水族箱一樣。街上沒有什麼人跡——無論是殭屍或正常人，建築物無啥特色可言，都是簡單的磚造店面。我們轉個彎，往水邊倒駛回去。我們經過瓦斯廠公園，我依稀看見人影在龐大的陰影中移動，有火柴的閃光，和片段的肌膚。

「要動用多少個殭屍，才能換好一顆電燈泡？」米克問。

我閉上眼睛。「拜託。」我耳語。

「啊啊啊啊！」他說。

我們又轉彎，再轉彎，然後又再往回轉，駛下一條沒有燈光的街道，我感覺米克故意彎來轉去，好使我失去方向感。最後，我們停在一棟黑漆漆的四層樓建築物前。

「到了。」米克說。

我抬頭看建築物。

「你有她的照片嗎？」他問。

我舉起我的 i 手機。

米克點點頭，並且下了車。我跟在他後面。我們站在建築物的前方。我可以聽見遠方的嚎叫。我注視著我們面前的黑暗建築時，忍不住打哆嗦。「你連一個有關瑪西的問題都還沒問過我，」我說：「你憑什麼認爲她會在這裡？」

米克聳聳肩。「和殭屍性交最糟糕的部分是什麼？」

我舉起雙手。「拜託。不要再講笑話了。」

「事後得埋葬你的貓。」

我們爬上樓梯，推開一道碩重的門。我們走進一個燈光昏暗的門廳，兩端都是緊閉的沉甸甸的門。一架裝設在牆上的監視攝影機對準我們。米克舉起兩張千元大鈔。他把鈔票搓了搓。然後對著攝影機敞開自己的外套，我猜是要顯示他沒有帶武器。然後他用手肘撞撞我。我如法炮製，敞開我的外套。

一會兒之後，傳來一個電子鎖的喀咧聲，其中一扇門打開來，一名穿鬆垮短褲、運動衫，戴太陽眼鏡，腳穿塑膠平底人字拖的健壯年輕殭屍小子走進來。起初我以爲是白蘭度，但是，當然，不是他。

「跟我來。」殭屍小子用粗啞的嗓子說。

我看著米克。「你不來嗎？」

「殭屍和貝果的區別是什麼？」米克問。我只是瞪著他。「**啊啊啊啊！**」他又說。

殭屍小子哼笑幾聲。「好樣的，米克。」

米克聳聳肩。「這個回答什麼問題都管用。**啊啊啊！**」然後他轉身走出去外面。我看著他走開，納悶自己是不是應該也轉身跟著他走出去。反之，我急忙跟上殭屍小子。長長的走道感覺很冷，也很悶濕。沿著牆壁都是緊閉的門；房間裡傳出來奇怪的聲響。到走道的盡頭，是好幾扇向著一間巨大舞廳敞開的門扉——一個類似酒廊的所在，沉重的原木和華美的雕飾，像一家古老的社交俱樂部，也許就是一間「麋鹿俱樂部」[1]，煙霧嫋繞，厚厚的皮沙發和椅子上人影幢幢——隨著視

1　Elks Club，美國頗具歷史盛名的俱樂部。

線聚焦，我辨識出前方有一個吧檯，而且有幾名殭屍在服侍飲料。在其他地方，到處都有衣著清涼的白膚女子或坐或臥，在和像我這樣的男子說話。

這是一家娼窯。

「搞錯了吧。」我對小子說。

殭屍小子轉過身來，起初我以爲他是在瞪我，但原來他是在看我肩膀後面的某人。「黛娜。」殭屍小子說。

「你有照片嗎？」一個女人在我後面問。

我轉過身。那個女人，黛娜，三十多歲，一頭烏溜溜的閃亮黑髮，蒼白的皮膚，眼睛藍得朦朧，但還沒有完全轉化爲殭屍的模樣，或者說，只是還處在某種可控制的程度。就和帶領我來這裡的那名小子一樣。事實上，這裡似乎涵蓋了所有的輕重程度——不只有殭屍和非殭屍，還有在毒品的影響下似乎還能運作的人。

「你有你妻子的照片吧。」黛娜又說，她的聲音隱隱暴露了甲狀腺分泌不足腦炎的粗礪特色。

「是我的女朋友。」我說。

她點點頭，對我親切的微笑。

我拿出我的ｉ手機，笨手笨腳的摸索。「我不知道她是不是……我的意思是……妳不會以爲瑪西當了……」我環顧布滿我們周圍的殭屍妓女。其中一個正拉起一名男子的手，帶著他離開。

殭屍夫人黛娜伸出手來，安定住我的雙手。「沒關係。放輕鬆。」

終於，我找到一張瑪西與我在我們公寓的全像圖——那時她留著短髮，但那是一張很棒的照片，興致盎然的栗子色眼睛、長長的睫毛，和高高的顴骨。三D全像圖看似影像模糊的從我的ｉ手機浮起來，但是然後我意識到，那是因為我自己淚眼模糊了。我拭去眼淚。黛娜微微一笑。「她好漂亮。」

我點點頭，把影像收回我的ｉ手機內。

「多久以前的事了？」

「兩年了。她離開……在兩年前。」

黛娜又點點頭。她拉起我的手。我低頭看我們倆的手，她的白色肌膚對比我曝曬過陽光的手。她引領我穿過黑暗的房間。我覺得自己好像要斷氣了。我害怕自己可能會在這裡見到瑪西，也害怕可能會見不到。

我們抵達其中一張沙發，位於酒廊的角落，一名短髮的殭屍女孩坐在那裡，兩眼空洞的瞪著前方。她面前的桌子上有一副注射針筒，和一袋粉末。「那是不是——」我指著桌子上的毒品。

黛娜說：「知道那是像什麼樣子，會讓有些男人覺得好過些。」

「噢，不，」我說：「我不要那個東西。」然後我仔細觀看沙發上的女孩，她的棕色頭髮和眼睛，還有她的高顴骨。我伸出手，把她的下巴抬起來。「你知道這不是瑪西。」我說。

「當然是。」

「不是，差遠了。這個女孩子比瑪西年輕十歲……而且至少矮了三英寸。」

「瑪西。」黛娜喊道，沙發上的殭屍抬頭看我。

「瞧。就是她。」

殭屍女孩又低下頭去。

「喬。」我喊道，沙發上的女孩又抬頭看我。

黛娜看起來對我頗不爽。她轉過來面對著我，把頭往旁邊一歪，用她那對毫無遮攔而半透明的眼睛打量我。她身上發出一種嗡嗡聲，一種振動——就像一把摔落的吉他。「你想要幹嘛？」

「我告訴妳了。我要找我的女朋友。」

她耐心的微微一笑。她伸出手，又把我的手握在她的手裡。「不。你想要什麼？」

「什麼？」我的咽喉因爲放射治療而刺痛。「我只想要跟她說話。」

「關於什麼？」

「我病了。」我說，就在那一刻，我胸口的灼痛排山倒海襲來。「癌症。我幾個星期前才發現的。臭氧病。第三期。我申請基因療法已經遭到否絕，所以他們不知道還有多久時間……我想要見瑪西，並且……」我說不下去了。

黛娜用她那光滑的白手輕撫我的手。「道歉。」她說。

「什麼？」我覺得喘不過氣來。

「你想要道歉吧？已經兩年了，而這是你第一次來這裡。」黑髮女人說。而就在她說話的時候，我知道那是事實，而且我不再確定我胸口的灼痛是來自於放射治療了。

「你甚至沒有尋找她。」黛娜繼續說，她的口氣完全不帶任何評判。「事實上，她離開的時候，你還有點……鬆了一口氣。不是嗎？慶幸她在情況變壞以前離開。」

我試著要說不對，但是我說不出話來。

「你永遠不會把它大聲說出來，但是你知道事情會怎麼演變，而你不知道自己是不是能夠做得到。照顧一個……病得如此嚴重的人。」

就在蒼白的女人說話的時候，房間開始旋轉起來。

「你的氣憤很有用。你告訴自己，是她自己要這樣；她選擇要這樣；她選擇拋棄她的人生。」

我軟弱地點頭。

「但是現在你知道了……不是嗎？」

透過滿眼的淚光，我幾乎看不見她。

「現在……你知道我們所知道的。」她的聲音更低沉了。「沒有任何人選擇。我們都病了。我們都在這裡。」

「我……」我看著地上，「我只是想要告訴她……」

「告訴她什麼？」黛娜耐心地問。

我掩面啜泣。

「告訴她什麼？」黛娜一邊撫著我的肩膀一邊耳語問。最後，她轉向坐在沙發上的那個女孩。「瑪西？」

殭屍女孩站起來，一把抓起桌子上的毒品。「告訴她什麼？」黛娜耳語問。

「我來了。」我好不容易對短髮女孩擠出這句話。

黛娜點點頭，並且對我微笑。然後她溫柔地拉起我的手，把我的手按進另外那個女孩子蒼白的手裡。然後瑪西帶著我離開。

# 新疆界

# The New Frontier

我正要和我的朋友鮑比・饒奇去拉斯維加斯解救他的繼妹脫離妓女生涯。

時值二〇〇三年八月：距離我發現自己考律師執照沒過兩星期，距離我離婚六個月，距離我逮到我老婆和別的男人有染一年，距離她逮到我外遇一年半。

我正在走霉運。

鮑比在空軍服役，駐紮在費爾柴爾德基地；他給我們弄到從斯波坎搭便機過去的機會。他們把我們綁上這艘飛行貨車的活動摺椅，這東西顛顛簸簸，轟隆作響，最後終於離開地面，鮑比豎起大拇指。我透過飛機的隆隆聲對他大喊：你會害怕嗎？

再三個星期，鮑比就要出發去伊拉克。

害怕？他掀開墨鏡，對我咧嘴而笑。鮑比和我在米德高中一起踢足球，我們有那種典型的大哥小弟情誼。但是我們已經有好幾年沒見面，直到有一天我在斯波坎的一家酒吧撞見他。鮑比在空軍的求生學校當教官。他在伊拉克也要做同樣的事情：教導空軍如何靠蝨子和樹皮求生，還有如果被抓，要如何抵禦拷問。

你知道唯一會令我害怕的事情是什麼嗎？鮑比說。沒有機會證明自己，就這樣度過一生。

這不會是我會給的答案。

起飛兩小時以後，我們的飛機越過凹凹凸凸的紅、褐色峭壁，以大角度斜掠過一片乾涸的泛濫平原，只見沙漠上布滿蝦形彎曲的死胡同，放眼望去是一大片有游泳池的大地色屋宇，而在那之後，便是金光閃閃的拉斯維加斯。

我就是在那時候嘔吐的。

鮑比在拉斯維加斯的計畫，就是永遠比拆屋的落錘捷足先登——走訪「撒哈拉」、「帝國皇宮」，和「新疆界」等賭場酒店——拉斯維加斯舊大道巡旅，鮑比．饒奇這麼稱呼。而且，住在遭點名即將拆除的旅館，也超乎想像的便宜。

鮑比要我來拉斯維加斯，是因爲他認爲他可能需要一名律師。我一直告訴他，我還沒有眞的通過執照考試。啊，如果依我對我老夥伴尼克的了解，鮑比說，他才不會讓那種事阻撓他成為律師。

事實上，我說，執照沒考過，正好就是會阻撓你成為律師。

欸，你還是可以提供我法律忠告嘛，對不對？他問。因為我可能會需要。然後他毫無來由地補上一句：就其本身來說。

什麼樣的法律忠告？我問。就其本身來說。

欸，例如說，我可不可以殺死這個害我妹妹變成妓女的渾蛋。

我思考一分鐘。然後告訴鮑比，我的忠告是，不要殺死那個害他繼妹變成妓女的渾蛋。

瞧，這不就得了？他說。

踏上拉斯維加斯大道，饒奇昂首闊步。我有時必須小跑步才跟得上。每到一家旅館，他都要先問有沒有現役軍人折扣。每到一家旅館，我都得攀在他的肩膀上補一句：請找有兩張床的房。

鮑比的夢想是住在金沙和沙丘酒店，但是那幾間旅館早已拆除，取而代之的是主題式的超級渡假村：巴黎和威尼斯人。所以我們只好住在舊大道還沒有被炸平的旅館，例如新疆界，該酒店——根據手冊的介紹——在一九四二年以客棧的形式開張，在一九五五年改爲以牛仔爲主題的「最後疆界」重新開幕，在甘迺迪總統的一九六〇年國會演說（我們正站在新疆界的邊緣——未完成之希望與夢想的疆界）以後，又改爲以太空爲主題的「新疆界」酒店，酒店在一九六九年曾主辦貓王艾維斯的第一場拉斯維加斯演唱會，然後在一九七〇年代又恢復成以牛仔爲主題的旅館。

今天，新疆界是一棟油漆剝落，骯髒陳舊的建築空殼，占據了一整個街區。它的八十呎高招牌宣傳有：比基尼騎牛競技表演、八點七五美元的牛排大蝦餐、泥巴摔角賽，還有冰啤酒與骯髒女。按照計畫，旅館還有幾個月就要夷爲平地，但是新疆界裡的顧客看起來不像還能活那麼久。到處可見拐杖和助步器，還有氧氣筒和電動輪椅。就連健康的人，也都在濃密的香菸迷霧裡移動，女人包在緊身的聚酯纖維裡，男人則穿著襤褸的短褲，拚命往一呎長的熱狗上塗抹美乃滋。看來有如這家旅館是在主辦成年型糖尿病大會。

鮑比上去房間淋浴，我到二十一點賭桌去殺時間。我坐在一個獨臂男和一個掛著氧氣筒的女人中間。我環顧四週，以確認我們沒有誤進一家退伍軍人醫院。儘管如此，我的前五手仍然告捷，包括兩次二十點。然後，到第六手，我手中有十七點，荷官手裡有一張國王。我要牌，抽到一張四，又拿到二十一點。

哇，**有人手氣正熱喔**，坐在我隔壁的女人說。然後她從氧氣筒猛吸一口氣。

這整段時間，我一直在想，我實在應該告訴鮑比，我爲什麼決定要參與這趟旅程。

每晚，在拉斯維加斯，成千墨西哥和宏都拉斯移民沿街排排站，向人分發上面有裸女照片的小撲克牌。他們把牌打得劈啪響，以引起你的注意。如果你接下一張，撥打上面的電話號碼，一名脫衣舞孃就會**直接到你的旅館房間報到**。或者，一輛休旅車就會來接你，帶你到沙漠裡的某家妓女院。除了性感的女人，那些紙牌上還有你這輩子前所未見、最不入流的遣詞用字：**提供你雞樂享受**，還有：**何不今晚來姦我一面**——

我很難想像，有人會笨到需要把那些猥褻雙關語寫成粗黑字才看得懂，但是我猜就是有吧。

這些劈劈啪啪響的紙牌，就是鮑比和我來這裡的理由。六星期以前，饒奇的一名空軍教官同袍帶著一疊這種紙牌從拉斯維加斯回去；其中一張上面有鮑比的繼妹——麗莎——的照片。他打紙牌上的電話號碼，但是那家公司已經關門大吉。

我一直半信半疑那會是麗莎，直到親眼看到照片。是她沒錯。照片裡，她穿著一條白色丁字褲，身體向前彎，裸著胸膛，有小星星蓋住奶頭。她的紙牌上說：**要我在三十分鐘內到你房間嗎？**就像叫披薩一樣。在她的臀部，你可以看見一個小小的豹形刺青。那是代表我們高中的吉祥物。我還記得她是在什麼時候搞來那個刺青的。當時饒奇和我是高三；她高一。饒奇聽到這事的時候，狠捶自己的置物櫃。後來他又狠捶那個看見她的臀部刺青的倒楣小子。

在那一年以後，饒奇的爹和麗莎的媽離婚，但是鮑比繼續稱呼麗莎爲他的妹妹。他聽說她搬去拉斯維加斯，並且在和一名色情照攝影師約會。她告訴她的家人她在從事房地產工作。

**房地產價格正在走下坡**，我還很雞婆的這麼跟他說。

我高二的時候第一次遇見麗莎，那時她國三。我去鮑比家找他出來逛逛。饒奇一家子是個大雜燴家庭，他父母結婚的時候各帶了一個拖油瓶，然後兩人又在一起生了兩個。那天麗莎坐在露臺上的一張草坪躺椅，穿著短得不能再短的短褲，在看一本雜誌，她把一隻涼鞋勾在腳拇指上晃啊晃的。**我很喜歡你的卡馬羅喲，尼克**，她從露臺上往下喊。

我告訴她這是雪佛蘭騎士。

**真的嗎？**她面露微笑。**為什麼要這麼騎士，尼克？**

我不知道要說什麼。常常在面對麗莎的時候，我都不知道要說什麼。

**鮑比不在這兒**，她說。**家裡只有我一個人**。她把勾在腳趾上的涼鞋上下晃啊晃。**還覺得自己很騎士嗎……尼克？**她拉長我名字尾音的方式（**尼——喀**），我發誓，那是我這輩子聽過最性感的聲音。

麗莎是我的第一個。她有一種充滿嘲弄，而又令人無法抗拒的魅力。我們必須偷偷摸摸，因爲她還這麼年輕，而且也因爲鮑比是這麼的過度保護。她會在晚上把地下室的窗戶留著沒關，讓我爬進去，藉由桌上曲棍球的遊戲桌墊腳，然後溜進她的臥室。基於某種理由，她總是穿著襪子。我們的性事很美妙，雖然，公允的來說，性對當時十七歲的我而言，無論如何都很美妙。即使如此，我們之間的這檔事也只持續了幾個月。喊卡的人是她；我想她覺得乏味了。

饒奇對這事一無所知。

離我們高中畢業前幾個禮拜，我從我妹的朋友那裡聽到一個謠言：說麗莎·饒奇去墮胎。那是我們不在一起睡以後好一陣子的事了。所以那大概不是我的種。她當時十五歲。關於這點，我從來沒對她提起過一個字。這是另一件鮑比毫無所悉的事。

在拉斯維加斯，鮑比堅持我們要不斷地調整再出擊，調整再出擊。我問爲什麼，他說，因為**當你在問我們在問的那種問題時**，不用多久，你在找的人……**就會開始來找你**。

我無法想像我們在問的問題，會引起任何人來找我們。事實上，在一開始的那三天，我們只問一個問題：**你見過這個女孩子嗎？**我們沿著拉斯維加斯大道來回漫步，問我們的那個問題，並且從紙牌分發工那兒收集來更多裸照撲克牌。

有時候鮑比穿著他的空軍飛行夾克。路人會走上前來，感謝他爲國服務。

**那邊的戰況如何？**大家會問。

**很快就要進入佳境了**，鮑比會說。然後眨眨眼睛。

有一天，毫無來由的，饒奇開始稱呼我們倆是夢幻隊伍。

夢幻隊伍的一天始於早晨五點半。不管我們前一天幾點鐘上床睡覺，饒奇總在五點半就叫醒我，大喊：**走吧，小兄弟。**我們先去吃早餐，飽比在室內閒晃的時候，我就去小賭一會兒（我的手氣仍然詭異的順），然後我們步行去一家新旅館，打個盹兒，開始喝酒，再賭兩下，吃頓自助餐，然後把晚間的時間花在收集脫衣舞孃撲克牌，並且一一檢視那些脫衣舞孃的照片，直到過大半夜了，才邁著顛簸的步伐回旅館房間。這時，就是饒奇變得饒富哲學意味的時候。**除了你，我什麼人都看不上眼，你知道吧，小兄弟？你跟我，咱們是夢幻隊伍，最後的英雄。**

時值八月。白天的氣溫會飆到華氏一百一十度；晚上則掉到九十好幾。我們穿梭在從賭場到賭場間永無止盡的醉鬼當中，和身穿螢光T恤，宣傳：**小姐直送你房間以及小姐買一送一**的紙牌分發工擦身而過。饒奇從他們每個人手裡要來一張紙牌，逐一查看，尋找麗莎的蹤影。每隔一陣子，他會把上面有麗莎照片的舊紙牌拿給發牌工看。**你見過這個女孩子嗎？**

見過，發牌工說。然後他們會翻查自己的紙牌，直到找到一個他們認爲和饒奇的妹妹長得頗像的金髮女郎。

這個，她更漂亮吧，欸，**老闆？**一個發牌工說。他舉起一張紙牌，上面顯示另一個美麗的金髮女。

我不要更漂亮的，饒奇說。**我要我妹妹。**

**他……**不是那個意思，我說。

有時候，饒奇發起瘋，對發牌工莫名其妙耍官威。**看我給你點顏色瞧瞧，好傢伙，**他會說，用壯碩的身材對某些可憐的薩爾瓦多人泰山壓頂。或者，我想你不了解自己惹到誰了。或者，兩個選擇，墨西哥佬，第一，讓移民局來把你丟回提華納[1]，或者，B.，告訴我，是誰在操控你的小……生意。

但是那些發牌工並不知道是誰在操控他們的生意。他們在某處空地列隊等候，然後從某個開載貨小卡車的傢伙手裡拿到待分發的紙牌。饒奇的做法，就有如從佛羅里達的蜜桃園裡抓一個移民採果工出來，然後要求他供出臺爾蒙食品公司[2]執行長的電話號碼。

盤問發牌工幾天，結果除了拿到一疊裸照撲克牌，別無所獲以後，鮑比將注意力轉向脫衣舞俱樂部。他對我秀出厚厚的一捲一元美鈔。這是這些下三濫商家唯一了解的貨幣。

我說，那大概是因爲那些是眞實的貨幣。

他一次塞一張一元小鈔到小姐的丁字褲裡。他拿上面有麗莎照片的舊紙牌給脫衣舞孃看。我的夥伴和我在找這個女孩。

我們不是……那種夥伴，我雞婆的指出。

脫衣舞孃不認識麗莎，或者，她們認識一個長得像她的女孩子，然而當然啦，她的名字是叫

1　Tijuana，墨西哥緊貼美國的邊境城市。
2　Del Monte，美國最大的食品公司之一。

妲斯提妮、或坦雅、或佛萊米莎，或者，她們認識一個長得像她的女孩子，在鳳凰城的一家俱樂部跳舞，如果我們買一節貼腿豔舞，她們就可以告訴我們更多資訊。

饒奇在每一家都買了貼腿豔舞，但是他似乎永遠學不到教訓。他在空檔的時候告訴脫衣舞孃，他是來解救他妹妹的。我想他指望她們會被他的俠義精神所感動，但是她們都沒有任何反應，所以其結果，就是我們只好靜靜地坐看那些女孩繞著鋼管，把她們的人工乳房甩來甩去。我估計我們大約看了五十名裸女。饒奇的一元鈔票快要用盡。而我的兩顆卵蛋則感覺隨時都要爆炸。

隨時都在勃起，削弱了我的騎士精神。亞曼達和我分手一年了，我還沒有真正恢復所謂的活躍狀態，除非你把自己動手算在內。而在這趟旅程中，我甚至無法做那件事。

但是饒奇卻能做那件事。而且無時無刻。任何時候，只要他高興，就會進浴室裡去做那件事，即使我就在門的另一邊。事實上，他一天至少磨蹭兩次，又快，又有效率，早晚各一，像刷牙一樣。

我好奇這是不是軍事訓練的長處之一。

打完手槍以後，他總是爬上床，要找人聊天。首先，我們找到麗莎。然後，等我從伊拉克回來，你跟我應該找個地方一起住。一間房子還什麼的。你跟我不把斯波坎搞個天翻地覆？才怪！

我發出沉重的呼吸聲，努力不要假裝打鼾過了頭。

你跟我，我們是瀕臨滅絕的品種，小兄弟。

我唯一可以休養生息的機會，是玩二十一點。饒奇討厭二十一點；他偏好吃角子老虎。在一張破舊的五元賭桌，我問荷官，新疆界酒店會被什麼所取代。他聳聳肩，但是另一名賭客，一個戴眼罩的女人告訴我：**蒙特勒酒店。以瑞士為主題。而且會有一座四百五十呎高的觀景摩天輪，就和倫敦的一樣。**女人告訴我，她是從猶他州奧勒姆市來的，剛離開一個虐待她的丈夫。她拍拍眼罩，深吸一口香菸，然後對荷官頷首要加牌。結果卻把手上的十四點搞臭了，她揮了揮手。我守住十九點不動，然後荷官的牌也臭了。**蠢遊戲**，她說。

她說得對。是很蠢。所有的一切。等鮑比看完比基尼騎牛競技表演回來，我這樣告訴他。**我們在做什麼啊？**我問。**我們只是在浪費時間。這樣下去，我們永遠也找不到麗莎的。**

**你說中我的心坎了，夥伴**，他說。

在律師執照考試被當之前一個禮拜，我在報紙上看見我前妻訂婚的啓事。她要嫁的那個傢伙，亦即被我逮到和她在一起的那個傢伙，比我大十一歲。他們即將在達文波特旅館結婚。而且即將去聖湯瑪斯島度蜜月。我從來沒看過艾蜜莉亞像在那張照片中所顯現的那麼快樂。我並不是在說，那就是爲什麼我會當掉律師執照考試。也或許，那就是爲什麼。我不知道。

顯然，當一家賭場，就如新疆界，已經確定要被拆除，就不會再費神去清潔地毯。上頭的種種污漬，簡直到了令人無法想像的地步。**聽著**，就在我們走回去房間的途中，鮑比說：**我知道你愈**

來愈沒耐性，但是我們快要有結果了。我可以感覺得到。我們開始在使某些人非常緊張了。

我無法想像除了我，還有誰會開始緊張，回到房間，饒奇做完伏地挺身，便抓起乳液，進浴室裡去打手槍。那聲音聽起來就像有人在裡面用橡膠吸盤通馬桶。

你對你的高中老友眞正了解多少？在米德高中，我只知道他是一個運動好手，聽鄉村音樂，而且認識一些可以幫我們買啤酒的人。現在我才發現，我的老友是一個有很多怪癖的傢伙。一天有兩回，饒奇要做八十個伏地挺身，和八十個仰臥起坐。他穿極度緊身的絲質T恤。飯後用隨身攜帶的折疊小刀剔牙，而且利用看電視的時間清潔腳趾。他似乎從來不充分呼吸。我想像他的肺部裡還殘留有一九九〇年的氧氣。他幫自己理光頭，而且經常用手去撫摸頂上的頭蓋骨，那裡看起來就像有一組小卡車的動力傳動系統。他永遠不要結婚，因爲我不需要沒戒指弄不到妞兒。我想他沒察覺自己的句子裡用了雙重否定。他告訴我他在斯波坎有四個女朋友，其中兩個已婚。他喜歡已婚的女人，因爲她們很習慣被惡狠狠的幹。就如前例，我不知道這樣子比較好，是因爲他本來就打算和她們有不良的性行爲，或者是因爲他才可以用優質的性行爲吸引她們。當我請他進一步說明時，他只是死瞪著我。

他似乎喜歡有個跟班，可是對我的生活又完全沒有興趣。他只問過我離婚的事一次，就在我們於瑪格麗塔酒吧俯瞰拉斯維加斯大道時。我喝醉了，告訴他整齣乏味的故事：我們如何結婚、如何在不同的城市找到工作、如何在各別的城市欺騙彼此，以及如何，當我設法搬到艾蜜莉亞所居住的波特蘭時，她已經愛上這個年紀比較大的傢伙。等我說完，鮑比不發一語。他瞪著我們底下來來往往的醉鬼，最後說：**賤女人。**

**我想你沒抓到重點，**我說。

**這才是重點。**他用他的啤酒捅了捅我。**你跟我？必須是很特別的女孩子才馴服得了我們。我們是亡命之徒。我們不是當平常老公的料。**

我大可以撒手回家……但問題是：我老是贏。事實上，我似乎沒辦法輸。大部分是二十一點。但是在「任逍遙」也一樣。就連拉斯維加斯贏率最低的「德州撲克紅利」遊戲也是如此，就好像那是臺口香糖販賣機，我每玩必中。一星期以後，我進帳六千大洋。

然而，饒奇不讓我出一分錢，不讓我付旅館費……什麼都不准。**不能讓你那樣做，小兄弟，**他說。**這是我該打的仗。**他解釋，他把所有的休假都省下來用在這趟旅程上，而且他還有一個禮拜的時間——**媽的，我妹妹在論斤論兩賣肉的時候，我怎麼可以休息？**

我不知道這可能代表什麼意義。最後，我受不了了。到第八天，我告訴他，我隔天早上就要離開，一味地去脫衣舞俱樂部和收集脫衣舞孃撲克牌，我們永遠也找不到她的。

鮑比很受傷。他好一會兒都不說話，然後深深地嘆一口氣，爬下床，並且開始穿衣。**聽著，**我說，**我很抱歉，但這是實話。**

他走出房門。下一件我知道的事，就是他在床腳搖醒我。**起來。趕快。**

我坐起來。床頭桌的時鐘顯示三點十五分。我問我們要去哪裡。

**我們第一天就應該去的地方，他說，黃龍府。**

我跟隨鮑比．饒奇下樓。在計程車招呼站，我們爬上一輛休旅車，駕駛是一個穿運動衫褲的俄國人。在休旅車的駕駛後面，我們一共有六個人——兩個金色長髮的傢伙，看起來像電影《終極警探》裡的恐怖份子雙胞胎（饒奇小心翼翼的觀察他們），還有兩個西裝筆挺，不住喀喀笑的酒醉商人。休旅車往沙漠駛去。饒奇不符個性的沉默不語。他望著窗外。在清晨四點鐘，周遭除了我們的車頭燈光，什麼也沒有。

妓女院的名字叫小馬皇宮。四下不見任何小馬。皇宮則是一棟小小的鐵皮屋，有六間兩倍寬的附屬建築物從兩側延伸出去。

我們打開門，一陣鈴聲響起，一踏進裡面，只見一間破敗的小酒吧。酒保倒給每個人一杯十美元的啤酒。我付了酒錢，那至少是我能做的。在來此的路上，我假定饒奇有麗莎在這家特定的妓院的消息，但等小姐們出來——藉由鈴聲召喚——麗莎並不在裡面。饒奇挑了一名排骨精：又瘦又蒼白，黑頭髮，那對乳房要不是原裝貨，就是整形失敗。鮑比付三百元，換來一小時的詢問時間。我和兩名商人中較高的那個在沙發並肩而坐，後者臨陣退卻。

基於某種理由，那位猶豫的商人和我覺得有必要解釋自己的情況。高個子商人說，**我女兒二十六歲，我只是一直在想：這些女孩子也是某人的女兒呀。**

我說我是還沒有對我的前妻忘情。而就在這樣說的時候，我意識到這話有多麼眞。於是我覺得很想哭。

天亮時，我們回到休旅車上：乘客有那名如願饜足的商人；那名不願和別人的女兒睡覺的商人；兩位滿意的金髮費比歐[3]恐怖份子，兩人都挑了黑女人；我；饒奇；以及他的排骨精妓女，原來她的名字叫梅蘭妮。她帶著一只背包和一只行李箱。

**她可以就這樣一走了之嗎？**我對饒奇耳語問。

**我他媽的看誰敢出來擋擋看**，饒奇對著所有人大聲說。

梅蘭妮對我解釋，他們不能阻擋她。那些小姐都是獨立的契約商，她們付一定的比例給妓女院。在開回拉斯維加斯的路上，等描述完有關她那一行的其他有趣觀點以後（**你必須自負性病檢測的費用**），梅蘭妮靠在饒奇的肩膀上睡著了。

我很高興鮑比找到人救。現在我可以回斯波坎了。

回到新疆界，空調系統壞了。我們房間的溫度是九十二度。梅蘭妮只穿一條內褲蜷縮在饒奇的床上。

我收拾好行李，說，**祝你好運囉，老兄。在外頭要保持低調。平安回來。**

3 Fabio，義大利著名男模，他的註冊商標是一頭飄逸的金色長髮。

饒奇目瞪口呆。什麼？你要走了？可是我們快要成功了啊。你沒看到我們讓小馬皇宮那些人多緊張嗎？

我正要往門口走去，但又折回來。我告訴他，麗莎是我這輩子第一個發生關係的女孩子。我說那就是爲什麼我會同意跑這一趟。因爲我覺得對她有虧欠。

鮑比眨了兩次眼睛。然後，有好一陣子眼皮動都沒動。然後又再眨一次眼睛。什麼時候？

在我們高二快結束的時候，我說。我告訴他關於地下室窗戶沒關的事。

鮑比一副作嘔的表情。那些根本也不是逃生用的窗戶。

我覺得沒資格談論那些窗戶的大小。我轉身要離開。

所以，他問，每個人都跟我妹妹有過一腿嗎？

我們能不能買一些墨西哥夾餅來吃？梅蘭妮在床上問。

我訂了一張隔天早上離開的機票，並且在新疆界登記一間我自己的房間。我房間裡的空調系統運作正常。我攤開四肢躺在床上想念艾蜜莉亞。

最初搬到波特蘭的時候，我眞的迫切希望我們能重修舊好。我對於自己在上法學院期間背著她到處與人發生關係，覺得很糟糕，但是我很確信自己已經走出那個階段，我們可以重新開始。於是我翻開電話簿，找到一家靠近她公寓的花店，步行到那邊，訂購一束鬱金香，她最喜愛的花。店員說他們的電腦裡已經有她的名字和地址。他們不願意告訴我誰送過花給她。

我在新疆界房間裡的抽屜有一本電話簿。我靈機一動，把它翻開來。首先，我試麗莎・饒奇。沒有結果。然後我想起來，饒奇的繼母婚前姓海特梅克。所以我查麗莎・海特梅克。

我發現上面列了一家海特梅克房地產。

我撥打那個電話號碼。

**我是麗莎。**

我告訴她，我是尼克。

她靜默了一秒鐘，然後大笑。**少來。真的嗎？她又大笑。你是開你那輛騎士來的嗎，尼克？**

我們在羅薇娜酒店的美食街見面。麗莎看起來比紙牌上的照片老。她現在留短髮，褐色中夾帶著幾束金色挑染。皮膚曬得不可置信的棕紅，穿著一件蓬鬆的背心裙。而且懷了六個月的身孕。孩子的父親是她的新男友，一名拉斯維加斯的開發商。情況頗複雜，她說。**他年紀比較大。而且還算已婚。目前。**

我瞪著她小小的腹部隆起。我說我必須問她一件事。高中的時候，妳去墮過胎。

**那是一句問句嗎？**她問。然後她說，她不知道是誰使她懷孕的。也許是你。**或者是比利・迪皮諾。**她不安的大笑。**你大老遠跑來這裡問這個問題嗎？你住的那個地方沒電話嗎？**

**事實上，**我說，**我是和鮑比一起來的。**

她的笑容消失了。**等等，你和鮑比一起來這裡？**

**是啊，我們來解救你脫離妓女生涯。**

她解釋她怎麼會登上那些脫衣舞孃撲克牌。事實上，多年前，她的確和一個不入流的攝影師拍拖過。他說服她擔任模特兒，拍了幾張上空照，他們分手以後，他沒有找她簽署讓渡書，就賣掉那些照片。**你們男生知道照片上那些女人是模特兒吧？她們不是真的到你房間報到的小姐。對吧？**

我聳聳肩，彷彿在說，**我們當然知道**，雖然我從來沒想到這點。

當她的照片出現在脫衣舞孃撲克牌上時，麗莎正在一家房地產仲介公司上班。起初，她不知道如何是好。但是後來，在她新男友的律師協助下，她提出訴訟。生產那些紙牌的公司，洛杉磯一家大廣告公司，很快就提出和解，麗莎把一半的和解金投資在男朋友的新開發計畫上——一個緊鄰沙漠的西班牙式灰泥建築住宅區。然後又把該計畫賺得的大筆收益，投資到另外兩個計畫。麗莎的日子過得非常舒坦。

我問她能不能打個電話給鮑比，告訴他她很好。我說那會對他意義非凡。

**我不能那樣做，尼克**，她說。然後她瞇起眼睛。等等。**你不知道我們的父母為什麼會分手，是嗎？**然後她告訴我其餘的故事，那個讓我覺得自己很笨，竟然會不知道，的部分——或者說，竟然會沒猜到。顯然對於我們這種老亡命之徒，自欺妄想是沒有止盡的。我們確實可算是個夢幻隊伍：鮑比和我。

她當時十二歲。他十五歲。那年夏天，他們單獨在家。如果他們的父母沒有結婚，那也許是一件再自然不過的事。但是等她媽發現以後，簡直要發瘋了，便把所有人都抓去看家庭心理諮商。

麗莎很快就克服了，但是鮑比不願放手。接下來四年，他滿懷怨懟。他揍扁她的男朋友。跟蹤她。在他們的父母離婚以後，麗莎必須針對鮑比提請禁制令。

我打饒奇的手機，希望他不會接聽，這樣我可以留個口信就好。但是他在響第一聲的時候就接聽了。

**梅蘭妮？**他問，聲音微顫，氣極敗壞。

我說我是尼克。

**尼克？噢，嗨。**他的聲音恢復穩定。**狗屎。她剝光我的皮夾。我午覺醒來，梅蘭妮就不見了。**

我有一個理論，這裡將是未來的考古學家唯一會發現的城市，拉斯維加斯。乾燥的氣候會將它完全保存，公元五千年的科學家團隊會小心地掃開、刮開沙土，發現金字塔、城堡、艾菲爾鐵塔與紐約市天際線的複製品、脫衣舞鋼管，還有脫衣舞孃撲克牌，這些未來的科學家，將單純以這個膚淺又玩世不恭的小糞坑做爲基礎，重建我們這整個時代的文化。

我們可以盡情抱怨這個城市不代表我們。我們可以說：**沒錯，但是我討厭拉斯維加斯。**或者：**我只去過那裡一次。**欸，我相信，也不是所有的羅馬人都沉迷於競技場的暴虐嘉年華，但是答案不言自明。

那天下午，我出外散步。陽光籠罩擁擠的人行道；沿街橫陳低聲喃喃的醉客；浩大店面的陰影，遮掩著所有巨形乏味的水泥鋼鐵建築。在街道底下，格鬥士磨刀霍霍；獅群伺機而動。

我在新疆界門口和鮑比見面，給他五百元。我要給他更多，但是他說他只需要這樣。事實上，他告訴我，他可以很容易的不靠借貸也回得了家。我一點也不懷疑。我想像他步行穿越沙漠，從仙人掌根部吸吮水分，用他滾燙的口水煮熟蟑螂。

我告訴他我找到麗莎。她很好，她沒有在當妓女，而且脫衣舞孃撲克牌上的照片是烏龍一場。我並且複述，她請我告訴他：無論如何，他都不應該試圖和她連絡。

**好，好。非常好。**他的反應就好像根本沒聽到最後一部分。**總之，你是怎麼找到她的？**

我告訴他我查電話簿。

他欽佩地搖搖頭，彷彿我剛剛描述的是某種全球性搜索，涉及先進的ＧＰＳ設備和ＤＮＡ的資料庫。**瞧，**他說，**這正是為什麼我會帶你一起跑這一趟。**這一趟：彷彿這是我們一起處理的許多案件中的一件。然後他問：**她看起來如何？**

我答應不告訴他她懷孕。**發福了，**我說。

他點點頭，眼光望向遠方。肌肉抽動。深呼吸。眉頭蹙起。他還有五天就得回基地報到。**有些人，你覺得就是應該要永遠存在你的生命裡，你知道？就像，發生了一些錯誤……**然後他嘆口氣。**我們去把你的那個妻子找回來，你說怎麼樣？**

**她就要再婚了，**這至少是我第三次告訴他了。

噢，他點點頭。**現在你打算怎麼辦？**

**調整再出擊**，我說。

然後鮑比．饒奇露出笑容，往下望著拉斯維加斯大道。我們站在新疆界的外面，就在那面八十呎高的招牌下方。街道上燈光閃閃。饒奇額頭上點點汗珠，就像剛打過蠟的車子。他抬頭看招牌。**他們老是把好東西拆掉**，他說。**傳奇總是有結束的一天，可不是？**

我告訴他，我完全同意他的話。

然後饒奇伸出手。在他給自己提供過那麼多次自爽以後，我實在不甚樂意碰觸那隻手，但我還是接受了，他順勢把我拉過去，緊緊的擁抱。**我們辦到了，老兄。有人說夢幻隊伍辦不到，但是，媽的，要不是我們下來這裡找到她。**

然後我們互道再見，我邁步往拉斯維加斯大道走下去。發牌工對著我輕彈撲克牌：小姐四十分鐘到你房間！

天哪，我眞懷念那些女孩子。

在遠遠的一個街區以外，我回首張望。鮑比．饒奇仍然呆立在那裡，在新疆界的招牌底下。他比他周圍的人群要高一個頭，有那麼一瞬間，他被襯托在那個粗俗壯闊的地景當中，目光投向遠方，也許在看超越拉斯維加斯大道的某處，超越比基尼騎牛競技和骯髒女泥巴摔角，超越脫衣舞孃撲克牌、最後的牛仔、考古學家，和屬於他那個世代的戰爭，甚至超越一客八點九五元的牛排大蝦餐的迷思。然後突然間，鮑比・饒奇又開始動了，不是我們原先的那種閒聊式大道漫步，而是一副胸有成竹的架式，或許，那是一個改頭換面的人的昂首闊步，一個即將迎向誠實洞察和謙卑理解的新領域的人，一個終於要走出陳腐、無法實現的夢想疆界的人。

也或許，他只是要前往佛朗明哥大酒店。

# 煞車

# The Brakes

湯米駕車離開肯恩的葬禮，小孩坐在身邊的平椅座上，兩腳懸空在置物箱前面蹬來蹬去。

——人死後一定要辦葬禮嗎？

——不一定。

——如果只有四個人，沒有別的人來，就不應該辦。

——是陸軍付的錢，湯米說。

——你喜歡他嗎？

不喜歡，湯米心裡想。——喜歡，他說。

——你媽媽和他結婚的時候，你傷心嗎？

傷心，湯米心裡想。——不會啊，他說。

——後來你媽死了。那不是問句，所以湯米沒有回答。小孩的運動鞋繼續在半空亂踢。——如果傑夫和媽媽結婚，他就會變成我的繼父。

——對。

湯米只能請一個早上的假，所以他帶孩子回去上班的地方。——我會幫你準備一些爆米花，你可以看電視。

——好啊，小孩說。湯米把車開進修車廠的後面。那個種族歧視老太婆的林肯轎車被用千斤頂架高在三號工作槽裡。

在工作槽裡，米蓋爾正在用氣壓鑽機拆解螺帽。湯米探頭張望窗戶內的臨時休息區。那個種族歧視老太婆正坐在那裡，捧著一杯咖啡往窗外看。她駝著背。頭髮像一囊舊電線。滿臉猜疑的緊盯米蓋爾。一透過窗戶看見湯米，她便坐直起來，揮揮手。

米蓋爾對架高的轎車點點頭。——輪胎和煞車，老兄。生意清淡到要脫褲，所以安迪說幫她弄一弄。

湯米扭著身子將自己套進連身工作服裡。

——他人呢？

——安迪？去塔可鐘買吃的。我想他不知道你會回來。

湯米走進臨時休息區，小孩跟在他背後。——眞高興你來了，那個種族歧視老太婆說。——那個非法勞工令我很緊張。

——杰拉蒂太太……

——我老公死前，他說，一定要照顧好輪胎和煞車。千萬別讓他們糊弄妳。

湯米把目光瞄向窗外的三號工作槽，米蓋爾正在注視他。

那個種族歧視老太婆彷彿要分享祕密似地，身子靠向前來。——我以前都去我們家旁邊的修車行。但是他們雇了一個有色人種。

——我知道。你告訴過我了。

——讓一個墨西哥鬼修就已經夠糟了，但是如果讓一個黑鬼靠近那輛林肯，卡爾不活活再氣死一次才怪。

湯米感覺小孩畏縮的緊貼著他。他抓起兒子的手。——杰拉蒂太太，我希望妳不要那樣說話。

她笑起來。——噢，我沒有特別的意思。他們都那樣彼此稱呼啊，你知道。

湯米把他的小孩帶去等候室後方的爆米花機那邊。——她是個愚蠢的老太婆。

小孩點點頭。——我們學校有上過關於馬丁·路德·金恩的東西。

湯米把他安頓在電視機前面。他轉到公共電視臺。在演布偶劇。然後他過去櫃檯。她的工作訂單正躺在那兒。安迪的筆跡。八百六十元。要命。湯米走回來，在她身邊坐下。——杰拉蒂太太，記得妳上禮拜來的時候，我說過妳不需要換輪胎嗎？

她的目光越過他，望進工作槽。——我希望修車的人是你，或者另外那個和氣的白人。

——妳說妳有個外甥女，對不對？在波斯特福爾斯？

她扮了個鬼臉。——我妹妹的女兒。她很肥。她女兒長得像得蒙古症。

——妳說要帶她的電話號碼給我。

——她一次可以吃五人份。我對那種人毫無敬意。

——她姓什麼？妳知道嗎？

——她嫁給一個姓葛勒的。我覺得他怪里怪氣。難怪會生一個蒙古症。

湯米走去櫃檯。他試查號臺，在試撥波斯特福爾斯的第二個葛勒時，湯米找到老太婆的外甥女。——妳阿姨在這裡，要買輪胎。

——老不死的賤貨，外甥女說。然後就掛斷。

這時安迪的車子正好開進修車廠後方。湯米走出去和他碰面。安迪拿著兩袋塔可鐘的食物從小卡車下來。

——安迪。

——抱歉，老兄。我不知道你是不是吃飽了才回來。

——我們把她的輪胎換個邊就好了，湯米說。

——誰，種族歧視老太婆嗎？他露出微笑。

——得了。才三個禮拜而已。距我們上次幫她修煞車，也不過六星期。

而且在那之前三個禮拜還有一次，湯米心裡想。還有再之前的六星期。當然，他們並沒有眞的修煞車。他們只是把車子用千斤頂抬高，把輪胎拆下來。拿槌子敲敲打打，並且假裝在用螺絲起子。有時候，他們三個人一起假裝在合力修車，隨便抓個工具，對彼此扮鬼臉，轉過背去偷笑，而種族歧視老太婆則坐在臨時休息區裡監看。

那些才用了三個禮拜的輪胎，安迪放到網路上去賣了。

——夠了，湯米說。

安迪不理會的揮揮手，帶著兩袋塔可鐘食物從他身邊走過去。

湯米很驚訝聽到自己說。——我要報警。

安迪停下腳步。轉過身來。微微一笑。向他踏前半步。

——爹，我可以把電視轉到卡通臺嗎？

他們兩個都轉過身，看見湯米的小孩站在門檻上。穿著參加葬禮的整潔牛仔褲和襯衫。

他們站在那裡。安迪。湯米。湯米的小孩。湯米意識到自己的呼吸。他的孩子的目光停駐在他身上。從那底下，他一定看起來很巨大，湯米心裡想。就像當年的肯恩，幹伊娘的肯恩，手上要不是拿著啤酒，就是抓著皮帶，老是對湯米的媽看不順眼，有時候則是對他，大半時候，則是對整個該死的世界。湯米堅定的站穩立場。

最後，安迪搔搔頭，嘆口氣，然後走到三號工作槽的門邊。他對米蓋爾大喊。——給她的輪胎換邊。檢查機油和帶子。

他舉起其中一只食物袋。——還有你他媽的食物在這兒，米蓋爾。

他走回去臨時休息區時，對湯米斜瞄一眼。——好消息，杰拉蒂太太。你的煞車看起來還很好耶。

湯米帶小孩回去等候室的電視那兒。把電視轉到卡通頻道。上面正在演一部關於一個天才小小孩的卡通。他小的時候，也有一部像這樣的卡通，但是湯米不記得名字了。他覺得很疲倦。整個人癱在小孩身邊的沙發上。他俯眼看小孩頭髮上一綹梳不平的漩渦。

——你知道你媽媽和誰結婚都沒關係，對不對？反正我哪兒都不去。

小孩抬起頭。分給他爹一些爆米花。

# 野狼與荒野

# The Wolf and the Wild

# 1

他們在沿著二號高速公路的枯黃草皮上分散開來，像以鬆散的V字形隊伍飛行的野雁，八個人，身穿白色的連身工作服和橘色的背心，在撿垃圾。在中間，位於兩邊車道中的安全島上，維德．麥克亞當發覺自己正在對一個名叫里奇的毒販解說期貨交易。

「等等。」里奇說：「所以你就是賭價格會不會上漲嗎？而你需要一個他媽的財經學位去做那種事？」他用他的垃圾夾夾起一個東西，並拿給維德看：一塊沾滿大便的尿布。然後他把它拋回草叢。「噁心。」

維德把尿布撿回來，丟進他自己的袋子裡。「是啊，但是那些小麥、原料、能源，不管是什麼——都沒有易手。物料本身不是重點。你賣的是契約。你賣的是工具本身——」

「等等，什麼？」

維德用手遮蔽陽光。「瞧，底下的資產可以是任何東西：例如避險基金，例如利率。媽的，你可以拿期貨來買賣期貨。東西本身不重要。你所要做的，就是分散風險。這樣你無論如何都會賺。」就在說這話的同時，身上卻穿著囚衣，維德不禁對這樣的嘲諷啞然失笑。「你知道，在一定的演算範圍之內。」

「天殺的，豆豆，你完全把我搞糊塗了。」

維德不知道爲什麼那些人都叫他豆豆。

里奇用夾子夾起一個塔可鐘食物袋，拋進垃圾袋裡。「你就像電視上解釋黑洞的那些科學家。你愈說，我就愈糊塗。」

## 2

在團體時間，維德只聽不說話。

里奇在人多的場合總是情緒激動。他抽搐哭泣，說他可以看見「鍊住我一輩子的行爲模式」。坐在輪椅上的社工問，那是不是表示，里奇「現在準備好要改過自新了」。

「噢，幹，絕對是的。」里奇說。

事後維德問里奇，他是不是眞的不再販毒了。

「噢，那不是我在這裡的理由，豆豆。」里奇說：「我猥褻鄰居的小孩子。」

## 3

維德甚至不知道現在還有芬達汽水，但是沿著高速公路的草叢裡，就有兩只空罐子。

「你是怎麼被逮的，豆豆？」里奇問。

維德在一個香菸盒子前停下腳步。寶馬牌。寶馬牌還有在生產啊？這條高速公路是一座時光機。「我們其中一個合夥人有個女朋友，」維德說：「叫做安娜。他被他老婆發現以後，我就開始和安娜約會。接下來那次查帳時，我的合夥人指出，我有一些內部管控的疏失。有信託帳戶的錢，混進了我的……」維德停下來，舉頭瞪著天空，「黑洞。」他說。

「你拿了多少？」里奇問。

維德轉頭回顧沿高速公路的雜草沙地上，一排穿著橘色背心，以垃圾夾為矛，以垃圾袋為盾的男人。「不夠多。」他說。

4

還有一次，里奇說：「不必對你自己這麼嚴苛，豆豆。每個掉進這個糞坑的人，要不是為了貪，就是為了性。」

5

維德的律師說，他們可以幫他轉調到西雅圖去做社區服務，但是他不想讓老客戶看見他在拓荒者廣場清鴿子糞。他的小孩不要和他有任何瓜葛。而且在離婚最後定案之前，他甚至不知道自己可以去住哪一棟房子。

不，他說，他在斯波坎做社區服務就行了。

聽證時，丹斯摩爾取得法官同意，以較高額的罰款和維德參加一項社區服務的領航計畫，來交換較短的緩刑期。維德以前從來沒有和公司的法律部門打過交道；丹斯摩爾的效率直白的高，甚至可以稱得上粗魯無禮，彷彿這事不值得他一顧。聽證總共只花了四分鐘。由兩造的律師兀自進行。當他們在法官席前討論時，維德一味低頭盯著丹斯摩爾幫他偷渡進來那套西裝底下的白襪子。

「我們六星期以後回西雅圖見。」事情完畢以後，丹斯摩爾說。他蓋上公事包。「現在，如果你不介意，我得去趕下午四點鐘的飛機。」

回到蓋格監獄，維德尋找急驚風里奇好跟他說再見，但顯然他被逮到向隔壁聯邦監獄的一個女囚犯露鳥，所以被運回去謝爾頓的性罪犯集中營了。

## 6

斯波坎的房地產簡直像不用錢的一樣。維德當然早就知道，但是站在一間家具一應俱全、雙臥房的市中心頂樓公寓，而月租只合他半個月的帆船繫泊費，似乎仍讓他頗有褻瀆之感。他從一間房間，走到另一間房間，房地產經理人在他背後亦步亦趨。她解釋，維德必須提供「銀行結單、薪水存根、介紹信，之類的財力證明」。在廚房裡，維德借用她的手提式電腦，把他的個人支票帳戶叫出來。房地產經理人說，那就不用麻煩給介紹信和薪水存根了。

她推薦離此幾個街區的一家優質餐廳，維德獨自前往，在吧檯找了一個位子坐下。他點一杯蘇格蘭威士忌加水，他一年四個月來的第一杯酒。他閉起眼睛喝下。有一次，蓋格監獄的輔導員問他，酒是不是「你生命的第一個結」。要如何回答像那樣的問題呢？他這輩子一路下來，有千千結啊。

「要我把下一杯直接灌進你咽喉嗎？」酒保問。

維德低頭看他的空酒杯，然後抬頭看酒保。她三十來歲，苗條迷人，一頭短短的黑髮。她對他微笑，神情有點憂慮。然後又幫他把杯子斟滿。

「如果你打算囫圇吞，沒必要弄髒一只玻璃杯。」她說。

他把酒杯微微一傾，幾乎沒讓威士忌碰到嘴唇，然後把酒直接灌下喉嚨。

「好樣的。」她說。

## 7

志工協調員是一個瘦女子，戴著一只肉色的眼罩，萎縮的左手臂向著胸膛蜷曲，就像一隻鷹爪。維德好奇她是不是曾經中風。

「這是一個非常具爭議性的領航計畫。」她解釋。「我們通常不會讓前科犯和小孩子共事。

但是我們的測驗結果需要我們使用猛烈的手段，而由於像你們這種白領混蛋是最不可能從事義工的，所以我們特別挑選幾名非暴力罪犯，來給孩子提供有人監督、一對一的輔導教學。」她闔上他的檔案夾。「聽著，這個計畫是我的寶貝，而且我眞的不希望失去工作，所以，如果你能克制自己，不要叫小孩子帶他們媽媽的支票簿來給你，我會把它看成是施予我個人的一項恩惠。」

「我會盡量。」維德說。

她把一份合約推過桌面。「你每次都要先跟學校辦公室報到。如果你擅自走進學校走廊，或在校外和學生接觸，任何類似那樣的事情，或從事非法集資午餐費之類的老鼠會，你就會被送回蓋格監獄，我的朋友，而且我的小小計畫也會壽終正寢。了解嗎？」

維德點點頭。

「一天四小時，一星期四天，」她繼續說：「你兩天到高中教，兩天去小學。指導高二和小二的學生。我們把你分配給兩位非常優秀的資深教師。有任何問題嗎？」

「我不知道妳的名字。」

她似乎對這問題感到不安，並且把她那隻好眼睛的視線從他身上移開。「我叫席菈。」她說。

「欸，席菈，」他說：「謝謝妳給我這個機會。我會盡力而爲。」

# 8

梅根的嘴巴像鬆掉的鉸鏈掛在那兒，眼睛則是半睜半閉。她眨眨眼，嘆一口氣，瞪著紙張，瞪著方程式，瞪著一片空白。維德必須強力克制自己伸手去將她掉下來的下巴輕輕闔上的衝動。

「得了，梅根。我們剛才解說過。這邊的係數是……」

「ㄐ——ㄛ——九。」她說：「和……ㄨ——ㄨ——五？」

「對了。還有，變數呢。」

「那些英文字母？」

「對，雖然就技術上而言，字母也有可能是係數，如果這裡沒有假定的變數的話。」

「什麼？」

「沒事。抱歉。所以，你要怎麼解開這題？」

梅根轉頭，張望背後的教室，瓦特金先生正在那裡解說黑板上更複雜的方程式。然後她向維德靠過來。「你真的進過監獄嗎？」

「我們把精神集中在這些數學題上就好，可以嗎？」

「你殺了人還什麼的嗎？」

「不是，」維德說：「我上代數的時候不專心。」

# 9

這個小男孩迪魯，老是想爬到維德的大腿上讀書。

他們在緊鄰辦公室外面的沙發上；維德抬頭看祕書，聳聳肩，彷彿在跟她保證，他沒有把小孩抱到他的大腿上，他不是性變態。但是祕書正在從她桌子的抽屜裡拿利他能過動兒用藥給別的小孩，似乎沒有留意。「你何不坐在這兒就好？」維德說，並且溫和的將小男孩移到一邊。

就小二生來說，迪魯十分瘦小。起初維德納悶，是不是因爲他自己已經忘了七歲的小孩子有多小，畢竟他自己的小孩現在都已經分別是十七歲和十九歲了，但是後來他看見迪魯和他的同學在一起，小男孩比班上的每個人都矮一個頭。他讀書的時候，會把小小的食指沿著每一個字移動，彷彿每一個字本身都代表著一個故事。

小男孩每次都帶同一本書來上他們的一小時閱讀課。《野狼與荒野》。

「你要不要帶別的書來？」終於有一次，維德問他。

迪魯考慮了一下。「但是我不知道別的書裡有什麼。」

「那不就是好玩的地方嗎，找出裡面有什麼？」

迪魯一臉半信半疑。

# 10

「這是不是……結合律？」

維德再次指著問題。「不是，這是另外一個。」

「結合律？」

「不是，你剛剛已經說結合律了，傑馬。這是另外一個。」

傑馬瞪著他。

「分……」維德說，他的眉毛蹙起。

傑馬瞪著他。

「分配……」

傑馬仍然瞪著他。

「分……配……律。」

「分配律？」傑馬說，彷彿他剛剛才想起來。

「很好。」維德說。

## 11

酒保叫做索妮雅。她已經結婚了。維德有點失望，但也有點鬆了一口氣。

「我喜歡教小小孩，」維德說：「但是高中生很笨。不專心。」

「你必須進監獄才能明白這點嗎？」索妮雅再將他的威士忌斟滿。

「就光明面來看，我終於想出來要如何修正美國的教育系統了。讀到六年級就結束。」

「太棒了。然後呢？」

「把他們鎖進空無一物的工廠裡，全面供應他們所需要的提神飲料、保險套，和辣玉米片，透過管線播放夜店音樂，然後等他們二十五歲的時候再回去檢查。任何人，只要還活著的，就送他上研究所。」維德把玻璃杯往前推。「拿這當競選政見如何？」

「很不想告訴你這個壞消息，」索妮雅說：「但是我相當有把握，你什麼公職都選不上。」

## 12

在《野狼與荒野》一書中，有個小男孩住在一處農場裡，沒有任何兄弟姊妹。每晚，他都會聽到狼嚎。有一天，他看見那匹野狼站在他們農場的邊緣。

那晚，他母親煮牛腿排。小男孩討厭牛腿排。他把牛腿排偷渡到他的大腿上，然後藏進他的口袋裡，那晚稍後，他把牛腿排留在農場的邊緣給狼吃。在那之後的每一晚，他都會拿一些食物出去，放在農場的邊緣。然後有一天，他在樹林裡迷路了。

幾小時以後，他看見那匹狼站在遠方，最後，狼引導他回到家。小男孩告訴他的父母野狼如何救了他，但是他們只是善意的大笑。「那大概只是你的想像吧。」他們告訴他。

書的最後五頁完全沒有文字。小男孩比較年長了，帶著一袋午餐去散步。在一幅分格的畫面當中，他走過小麥田。下一幅，他走過樹林。再下一幅，他遇見野狼。在最後一幅當中，他面朝上躺著，頭枕在蜷伏的野狼身上，注視著天空，同時他和野狼共享午餐。這是全書最讓迪魯喜歡的部分。

「然後故事就完了。」每次他們來到最後一頁的時候，迪魯都這樣說。然後他會嘆口氣，抬起頭，把他的手放在維德的臂膀上，露出笑靨。

## 13

維德翻過身，看著索妮雅把胸罩穿上。她不願意回頭看他。

「有趣的是，情況並不是那麼糟，被關在監獄裡。」他說：「他們把你跟其他非暴力犯關在一起，白領罪犯和詐欺罪犯。抵死不認的說謊專家。甚至要到下工廠的時候，我才碰到真正的罪犯。而即使是他們，也都還好。你以爲會遇到放封場裡打人，或淋浴時集體強暴，但其實，不過是一群搞砸事情的傢伙在上夏令營而已。」

她站起來把裙子的拉鍊拉上。她一臉哀戚。「要我就沒辦法。」她說。

他往後靠，抬眼望著他公寓的天花板。「我唯一一直想不通的一件事，就是爲什麼他們都叫我『豆豆』。我想他們的意思是，我把豆子撒出來了[1]。但是我沒有啊。我要指控誰啊？從頭到尾就只有我一個人啊。」

「我會無法面對自己。」她說。

## 14

「然後故事就完了。」迪魯說。他闔上《野狼與荒野》，把手放在維德的臂膀上，露出笑靨。

## 15

維德對所有的小孩都撰寫詳細的報告，所有的高一生和小二生：梅根的代數有進步，塔妮亞還在爲幾何掙扎，傑馬對圖形的理解力很強，但是對觀念的理解力很差。狄安卓正在努力學習較長

1　意指洩漏祕密。

字詞的發音，馬可會主動參與說故事，而且會替故事中的角色創造聲音。還有，當然了，迪魯。

席菈告訴他。「這些小孩在學校的生活，多半沒有父母參與。」有一天，在辦公室看他撰寫的報告時，席菈告訴他。「這些輔導課有百分之九十到九十五是免費的，而且午餐也減免。每個小孩基本上都生活在貧困的環境裡。單親家庭算是最佳狀況了；有很多人是和姑姑阿姨、祖母、認養父母，或不相干的人住在一起的。」

他一直想要問席菈，她的手臂和眼睛發生了什麼事。

「但是我必須說，你幫了他們很大的忙。」她說。

「謝謝妳。」維德說。

# 16

維德終於說服迪魯帶別的書來，《狗狗日》。小男孩又試圖爬上維德的大腿，但是這次祕書正緊盯著他們。她張開嘴巴正想說話，維德對她點點頭，並且輕輕把迪魯推回到沙發上。他自己的兒子，麥可，就曾經很喜歡坐在他的大腿上唸書，一想到那個小男孩，現在已經是一個油頭滑腦的大孩子，住在學校的宿舍，不願意和他有任何瓜葛，維德不覺有揪心的遺憾。

《狗狗日》是關於兩兄弟，在一處動物收留所當志工，他們組織一個穿越亞利桑那州斯科茨代爾市中心的收養狗狗大遊行。迪魯讀得很吃力，他的手指頭徒勞地指點著每一個字。

「拉……拉……拉……」

維德應該讓他自己找出每個字的發音，但是小男孩緊鎖的眉頭令他不忍。「拉不拉多，」他終於說：「那是一種狗。」

迪魯闔上書，把手放在維德的臂膀上。「我下次能不能再帶那本野狼書來就好？」

# 17

索妮雅靠著吧檯站著。所有椅子都收到桌面上了，除了維德的那把。「所以，我們這裡談的是多少錢？」

維德聳聳肩，一副彷彿他還得再想想看的樣子。「總數嗎？」

「是啊。我只是好奇罷了。」

「嗯，好吧。我猜離婚會讓我損失將近一半，我還有賠償的問題要處理，另外還有一個民事訴訟要解決……」

「多少？」

「我不知道。精確的數字。」

「才怪，你知道。」

是的，他知道。他喝一口威士忌。「三千。」他說。

索妮雅的眼睛睜得老大。「萬?」

當然，其實是接近四千萬。那是等塵埃落定以後，他預定會留下來的數目。他納悶自己爲什麼要那樣做。還把數字稍微削減了一點。「大約。」他說。

她掩住自己的嘴巴。

「怎麼啦?」維德問。

「我不知道。」她說:「有點……噁心。」

# 18

維德要求和二年級老師，阿曼德森太太，開會。她是個吸引人的年輕女子，約莫三十歲，一頭黑色捲髮，帶著充滿耐心的笑容。他們放學後坐在她教室的小小塑膠椅上，周圍有貼在勞作紙上的樹葉。維德把他記載學生進度的筆記本拿出來。

「馬可表現得特別好。他似乎對故事的內容有實質的理解力，而且很能夠進入狀況，這是屬於相當高層次的東西。我甚至不確定他是不是還需要一對一輔導。狄安卓呢——我不知道他有沒有受過閱讀障礙的檢測，但是他對理解大篇幅的文本和複雜的句型確實有困難。」

阿曼德森太太耐心地點著頭。

維德把他的報告翻到迪魯那一頁。「最後，我不確定要怎麼理解迪魯。他只是一直帶同一本書來，這本有關野狼的書；他基本上已經把它背下來了。我希望他覺得自在，但現在他只是一直在重複那個故事。我上網去查過，看起來，同樣的那個系列還有三本書。我想，如果你能夠請圖書館員採購另外那幾本，我可以對他運用一些猜詞策略──」

老師抬起眼睛來看他。

維德聳聳肩。「我做了一些研究。」他遞出筆記本。

阿曼德森太太接下筆記本。「你非常認眞周到，這位──」

「敝姓麥克亞當。」

「麥克亞當先生，」她低頭看他的報告，「很不幸，本區去年削減了圖書館預算。我們沒有圖書館員。我們不允許再請購任何新書。」

他瞪著她。「你們不能請求購書？但這是一所學校耶。」

「是的。」她微笑道。

「所以如果一個小孩迷上某個系列，他就只能……自求多福了？這簡直瘋了。」

她闔上他的筆記本，並且抬起頭來看著他。「瞧。你所做的這一切，都非常好。但是我必須告訴你，所有這些男孩子，都早就在和一位閱讀專家進行輔導。我把他們送去你那裡，只是因爲這些男孩子在他們的生活當中缺乏男性關係，而且本校沒有男教師。我認爲他們應該要有一些和男性非正式的、正常的接觸機會。如此而已。」

她把小筆記本交還給維德。

## 19

「我辦不到，維德。」索妮雅說：「就……拜託你。」

維德覺得自己的頭好像要昏眩起來。「我知道。」他說：「對不起。」

她轉過身去，開始清洗玻璃杯。

維德環顧酒吧，所有的座椅都收到桌子上了。然後他低頭看她在一個小時前留給他的帳單。「我知道。」他又說一次。他的視線模糊起來。他無法集中心神。帳單看起來像是四十元。就和向來一樣，每兩杯威士忌，索妮雅只記他一杯的帳。他打開皮夾子。瞪著花花一疊黯淡的白綠色鈔票。他拿出三張五十，然後第四張，然後再第五張，最後，把所有的鈔票都拿出來。他把錢放在吧臺上，然後離去。

## 20

維德站在「姑姑的書店」的童書區，瞪視著所有書本。所有他媽的書本。

# 21

「我買了些東西來。」維德說。他把迪魯拉上來坐在他的大腿上，並且把他那天早上買的書拿出來，該系列的第二本，《野狼與河流》。祕書清了清喉嚨，但是維德緊緊的抱住坐在他大腿上的小男孩，這次，他自己把整本書唸給迪魯聽，努力使自己的聲音保持平穩。

在書中，男孩家農場周圍的田地上新屋林立。許多樹都被砍掉，男孩很擔心，因爲野狼生了六隻小狼。有一次，推土機差點毀掉野狼的洞穴。最後，男孩買了一只游泳池的浮筏，幫野狼把牠的小狼移到河對岸的安全所在，那邊沒有房子。書的最後五頁描繪牠們過河的情景，完全沒有文字。

維德抬起頭來，只見祕書正穿過辦公室向他們走來。她身旁有副校長陪同，副校長正生氣的對著手機喋喋不休（「……小男孩坐在他的大腿上！」）。

維德不動如山。

「然後故事就完了。」迪魯說。

# 獨輪手推車之王

# Wheelbarrow Kings

我他媽的餓死了。

米奇知道有一個傢伙要丟掉一臺電視。一臺應該還很棒的大螢幕電視。米奇說他還用那臺電視收看過終極格鬥錦標賽哩。

那沒道理，我說。有人會把大螢幕電視白白丟掉。

米奇說那個傢伙有兩臺電視。

米奇經常信口雌黃，所以如果根本沒有電視我也不意外。

我眞正想要的是炸魚和薯片。我有十二塊錢，足夠買很多炸魚和薯片。肚子餓死了。

米奇說那臺電視重得要死，我們一定要有獨輪手推車才搬得動。

我問，媽的我們要去哪兒搞一輛獨輪手推車。講得好像我隨時都有一輛獨輪手推車。有時候米奇就是這樣。

他說我們可以把那臺電視拿去當鋪當，隨便也有兩百元。然後我就可以把我的十二塊錢拿去買炸魚和薯片，或牛排，或媽的隨便什麼我愛吃的東西。

米奇的姐姐住在南丘。他說她有一輛獨輪手推車。她跟她丈夫喜歡弄園藝之類的鬼玩意兒。

我見過他姐姐一次。她似乎很酷。

我上國中的時候開始愛上炸魚和薯片。在那之前我從來沒吃過炸魚和薯片。我以前以爲薯片就是我們在學校吃的那種有山脊紋的特定薯條。但那有可能是任何一種薯條。

如果我們眞能用那臺電視換到兩百元，我和米奇就要去齊托斯特德那兒好好享受一番。買齊托斯特德的冰。大大過一回癮。不必再忍受我們到現在已經吸了一個月的那種東區爛貨。等我們賣了那臺電視就不必了。

不必再吸四分之一盎司十二塊錢的爛大麻。

我們要弄一些超強貨來好好嗨一下，米奇說。

我他媽的餓死了，我對米奇說。

等賣掉那臺電視，我們就可以天天吃不停了，他說。

他要搭公車去南丘跟他姐姐借獨輪手推車。米奇有公車卡。我有十二塊錢，但是要我花一塊錢二十五分搭公車，我才不幹。因為少於十二塊錢，你連要買東區的爛貨都不夠。我見過最便宜的也要十二塊。不管在哪裡。

你來不來，米奇問。

如果把一部分錢花在公車上，那麼至少我可以用剩下的去買吃的。炸魚和薯片。或甚至只是去K記便利超商買墨西哥捲餅和太陽薯片。我也喜歡太陽薯片。但是我才不要買食物，除非我們賣掉那臺電視。

米奇的公車卡已經過期。他要我付我們兩個人的車資。幹，我說。我們下車。公車揚長而去。

於是我想到一件事。媽的，無論如何，我們要怎麼把那輛獨輪手推車從他姐家一路推到市區來啊。大約有兩哩路。而且我們還得把獨輪手推車拿回去還。回程是上坡。

對喔，那倒是眞的。米奇說。

我認識這渾蛋兩年了。這是第一次他說我說的話是對的。

這是你第一次說對話。米奇說。

幹，我餓死了。

怎麼老說這句。媽的去買些吃的好了，米奇說。

但是他知道我不能。我需要我的十二塊錢。他只是他媽的嫉妒我，因爲他連嗨一下的最低金額都沒有。

我認識市中心一家咖啡店的一個女孩。我曾經和她同校。我們走去那兒。一路張大眼睛找獨輪手推車。有時候好像可以在建築工地看見獨輪手推車。但是你需要的時候，偏偏就他媽的見不到個鬼影。我想整個斯波坎市區都沒有獨輪手推車。

在咖啡店的門外兩側都有戶外雅座。有兩個穿西裝戴太陽眼鏡的傢伙在喝冰咖啡。他們正在吃司康。媽的那些司康看起來棒極了。我快餓昏了。那兩個生意人瞧我一眼。進到咖啡店，我舔舔唇給自己補充鹽分。

我認識的那個女孩沒來上班。有時候她會給我前一天賣剩的糕餅。她會說，你怎麼啦？戴羅。然後我會說，妳怎麼啦？我忘了她叫什麼名字。她現在有點胖。她國中的時候並不胖。她當年還滿搶手的，我想。但是她現在發胖了。

但是當我說妳怎麼啦時，我並不是那個意思。並不是在說她胖。我只是在打哈哈。而且我以前知道她的名字。我只是現在不知道。

總之，也不重要了，因爲她沒來上班。取而代之的是個男的。留著山羊鬍。我問他在這邊上班的那個女孩在不在。他扮了個鬼臉，彷彿在說什麼女孩，也或者他只是覺得米奇和我很臭。而且他盯著我T恤上的污漬。前幾天，我在K記超商吃熱狗，我和托多在一起，那混蛋就愛等你先咬一口食物，然後才說最好笑的笑話。他可以去當獨角戲諧星，那個托多。我忘了他到底說什麼，但是番茄醬濺到我的T恤上。然後污漬就這樣留下來。

米奇一屁股往包廂座坐下。

山羊鬍男看著在摳臉的米奇。如果你要待在這兒，就得買東西，那個咖啡店的傢伙說。他們有肉桂捲，上面一定有一半的厚度是糖霜。幹，我好餓。山羊鬍男看看我，好像我是什麼他媽的神經病。

那個女孩——我必須從頭開始。就在這時，她的名字浮現了。瑪西！瑪西說進來吧，然後她會給我前一天賣剩的東西。瑪西。我無法停止眨眼。

瑪西不在。

你能不能查一下。你能不能查一下她有沒有留前一天賣剩的什麼東西給我。

我他媽的餓死了。

幾名帶著購物袋的女士走進來。

山羊鬍男搓搓自己的頭。他向前靠過來，彷彿要告訴我一個祕密。如果我給你們兩個騙子一顆司康，你們能不能給我他媽的滾出去。

給我們每人各一個。

他們在收銀機旁有一個放前一天沒賣完的糕餅的籃子。那傢伙拿起兩顆司康，交給我。有一個是三角形的。那個我要。

來吧，米奇，我說。

我們走到外面。很好玩。那兩個生意人老兄正坐在那裡吃司康。而米奇和我也在吃司康。只是我們的不用付錢。媽的這下子誰聰明呀。

只是那個司康不怎麼好吃。什麼味道都沒有。不像肉桂捲。或炸魚和薯片。倒比較像木屑。

幹。我現在更餓了。

米奇和我決定走路去有電視的那位老兄家。也許他有獨輪手推車，米奇說。

那是在河另一邊的一棟大房子，我以前從來沒去過。前面有一個有屋頂的露臺，外面擺著一臺冰箱。房子裡大約有十來個人在那兒晃來晃去，但不像是在辦派對。米奇說那位老兄純粹只抽大麻，但是前陽臺上有一只有煙漬的古柯鹼煙管。我以爲也許我們可以在這裡套交情吸一管。不過有電視的那位老兄只想談正事。

他和我們說話的時候一邊在吃熱餡餅。幹，我要那個熱餡餅。好餓啊。

你他媽的好臭，那位老兄對米奇說。

好啦，等我們賣掉電視，我就回家洗澡，米奇說。

這傢伙有什麼毛病啊，他問。

他只是肚子餓，米奇說。

那位老兄的客廳有一臺全新的電視。兩個小小孩在那裡玩PS2遊戲機。他們在玩《決勝時刻》。這個遊戲我很拿手，我說，但是他們連頭都不抬一下。那臺電視相當大。那臺電視有多大，我問。

五十五吋，那位老兄說。他說那是他的新電視。雙五，他這樣說。他的薩米・黑格[1]。然而影像太清晰了。似乎比你的眼睛還清晰。嚇死人。我在《決勝時刻》上看到以前從來不知道在那兒的狗屎。人生不會那麼眞實。

另一臺電視機在後陽臺上。那臺根本沒插電。是一臺老式的映像管電視。我擔憂米奇信口雌黃。但是電視確實在那兒，就和他講的一樣。這臺是我所見過最大的電視。我甚至不知道到底有多大。這東西大概有五呎高加五呎寬吧。而且大概有三呎厚。大得不得了。就像一間房間。米奇說得對，我們需要一輛他媽的獨輪手推車。

你們如果要，就是你們的了，住在這裡的那位老兄說。

你知道這一帶誰有獨輪手推車嗎？米奇問那位老兄。

他看米奇的樣子，就像在說，媽的要獨輪手推車自己找。

1 Sammy Hagar，搖滾樂歌手，有一首著名的歌曲叫做〈我不可能開時速五十五英里〉。

那位老兄家後面有條巷子，所以米奇和我沿著巷子走，尋找獨輪手推車。

我他媽的餓死了。國中的時候，有一陣子我們可以吃免費午餐。可是後來因爲我媽到空軍基地工作，就不能再享受免費午餐。她會幫我準備冷食便當。但是只要有供炸魚和薯片，我就會自己掏錢買學校的午餐。足見我有多喜歡。還有辣味燉豆。我也喜歡辣味燉豆，但是我眞正愛的還是肉桂捲。很好玩，國中的餐廳總是有肉桂捲和辣味燉豆。我不知道爲什麼。反正就是這樣。

幹。我好餓。

再不閉嘴，我就踢你的屁股，米奇說。

你才沒辦法踢我的屁股。

十歲的小女生都有辦法踢你他媽神經過敏的屁股。

那個女生的六歲妹妹都有辦法踢你的賊屁股。

那個女生剛出生的妹妹都有辦法踢你的臭屁股。

那個女生的小貓都有辦法踢你的屁股。

那個女生的小貓的跳蚤都有辦法踢你的屁股。

有時候米奇會害我笑破肚皮。他不是托多，但有時候就是有這種能耐。

我們走下那條巷子。看見一輛小孩子的三輪腳踏車。看見一輛翻倒過來的雜貨店購物車，但是輪子已經壞了。

就在這時，我看到了。嘿，米奇，瞧。不是蓋的。就在一棟房子的後面，在一個倒下來的垃圾桶旁邊。緊貼著垃圾桶。甚至也沒生鏽。一輛天殺的，幾乎全新的獨輪手推車。你聽過人家說我的幸運日，我猜有時候眞是如此。

那裡有一道柱桿彎曲，用鍊子連結的小小圍牆。我三兩下就爬過去。一把抓起獨輪手推車。把它轉個身，舉過圍牆，交給米奇。我們推著它往回走。簡直就是用跑的。

媽的，我們覺得自己就像當了國王。

我拿一百五，你拿五十，米奇說。突如其來的。

屁啦。是我進去把獨輪手推車拿出來的。

我知道哪裡有電視機，他說。

別這麼下流，米奇。我們兩個得一起把那個東西推到當鋪。

一百二和八十。

少下流了。

一百一，九十。

隨便啦。

我他媽的餓死了。我們回來的時候，那位有電視的老兄正在從袋子裡掏椒鹽脆餅吃。他站在後院，看著他那隻蓬頭亂髮的狗兒在泥巴裡追逐自己發癢的屁屁。笑成那個樣子，彷彿那是一場電視秀。

那位電視老兄抬起頭，看見我們。他很訝異我們找到一輛獨輪手推車。

你這後頭怎麼不種種草啊，米奇問。會比較好看哩。從米奇的聲音我可以聽出來，他覺得我們這麼快就找到一輛獨輪手推車很跩。

你還有多的熱餡餅嗎，我問那位電視老兄。

沒啦，兄弟。他把椒鹽脆餅遞到我面前，我抓了一大把。但是嚐起來沒有飽足感。只有鹽味。

我們把獨輪手推車留在陽臺旁的樓梯底，然後上去搬電視。我們幾乎移動不了半吋。那臺他媽的電視，是我所抬過，他媽的最重的東西。我先是沒辦法把手伸到底下，而等到我們把它抬起來，又馬上力氣不支掉下去。

媽的小心點，米奇說。

你才媽的小心點。你是在推不是在抬。

那位電視老兄只是站在那裡吃他的椒鹽脆餅。對著我們微笑。就和在看狗兒追逐發癢的屁屁一樣。

米奇吐痰在自己的雙手上。你還有什麼別的東西要丟掉嗎？米奇問。

媽的快滾吧。你們倆聞起來和屁股一樣臭。

我們再度把它抬起來。只是抓不穩。整個往一邊傾斜。但是看在兩百元的分上，我們還是勉力把它給抬下階梯。它沒辦法好好的裝進獨輪手推車裡。有點坐在車緣的頂上。而且太重了，輪子都因此扁下去。媽的還全新的獨輪手推車咧，輪子幾乎整個攤平了。

幹，米奇說。你有打氣筒嗎，兄弟？

媽的快滾吧，那位電視老兄說。他媽的白粉毒蟲。

所以我們把它推下巷子，然後上了街。我在前面保持電視穩定。米奇負責握住獨輪手推車的木把手，並且往前推。我們就這樣十分緩慢地前進。一分鐘只走幾呎，然後就必須暫停。如果輪子比較有氣會容易一點。但即使有氣也容易不到哪裡去。我大汗淋漓。汗水老是滴進眼睛裡。

幹，米奇說。

我瞭，我說。

我負責保持電視平衡，倒退著走路。有一次米奇稍微絆到，電視開始往下掉，我趕快頂在前面。幸好電視沒有掉出車子。幹你娘，小心點行不行，我說。

抱歉，米奇說。我絆到了。他也抓住電視，我們又把它恢復平衡。

到當鋪要走六個街區。每個街區大概要花我們十分鐘。幾個小孩像鯊魚一樣，騎腳踏車繞著我們跑。他們停下來觀看。其中一個在吃三明治。

米奇必須停下來擦汗和喘氣。我則他媽的要餓瘋了。

那是哪一種三明治啊？我問那個小小孩。看起來像是起司三明治，但不是融化的起司，而只是整片的起司鋪在白麵包上。

滾開，騙子，那個小孩說。然後他騎著腳踏車走了，一邊還吃著那個起司三明治。或管它是什麼的三明治。

我發誓，要不是顧著這臺電視，我會把那個小孩拉下他媽的腳踏車，好好地扁他一頓屁股。在我當小孩的時候，我們不會那樣對長輩說話。

下一個街區速度稍微快一點。我想起咖啡店的那個女孩，我納悶她是不是和山羊鬍男一樣，給我前一天沒賣完的東西，好攆我走路。但是我不認爲。我想她喜歡和我講話。

有一次她給我一個肉桂捲。那就是爲什麼我會知道他們店裡的肉桂捲好吃。記得國中賣的那種嗎？我問她，但是她不記得國中的肉桂捲。總之，肉桂捲確實比乾巴巴的司康好吃。我納悶爲什麼那些生意人要吃司康，當他們其實負擔得起肉桂捲，或甚至燕麥能量條，或馬芬蛋糕的時候。我納悶爲什麼有人竟然會他媽的想要做司康這種東西。

媽的你想爲什麼有人會想到要做司康這種東西？我問米奇。

偉大的謎，米奇說。

有時候他和托多一樣好玩。

第三個街區甚至更慢了。米奇的手臂在發抖。皮膚泛紅斑駁，罩滿汗水。而我因爲一直倒著走，覺得暈眩起來。你得和我換手，米奇說。

所以換我推幾個街區，米奇則負責穩定。只是我不信任他穩定的功夫，所以我推得比他更小心。推那輛獨輪手推車，簡直要把你的手臂從關節腔處扯斷。而且雖然是一輛相當新的獨輪手推車，我仍然被它的木把手戳到。

幹，我說。我被戳到了。

我已經像被戳了上百次。

你有上百個戳傷喔。

我是說**像**上百次。

我們走了四個街區。只剩下兩個。我們在一處院子停下來，一個在草地上休息時，另一個就輪流扶住電視，直到有個老傢伙從房子裡跑出來吆喝，媽的滾出我的院子。我要叫警察了。

媽的你就叫啊，米奇說。

你們從哪兒偷來的電視機？老傢伙說。他拿著一個東西對我們揮舞。

幹你媽啦，米奇說。

但不知爲什麼，我不要那傢伙認爲電視是我們偷來的。是一個傢伙送我們的，我說。還有獨輪手推車。即使獨輪手推車不是人家送的，而是偷來的。

我們又開始前進。

然後我想到一件事。那老傢伙手上拿的是遙控器。我對米奇說。你看見沒。我剛剛才想到。他拿著一個東西對我們揮舞，那是一個他媽的遙控器。

對喔，米奇說，然後我們兩個都笑起來。媽的這些人，米奇說。

就像一把劍，我說。他隨身帶著那個遙控器。

世人把全部生命都花在那個他媽的四方盒子前，米奇說。說得好像我們倆的人生就過得多有意義。

我們離蒙羅街只差幾棟房子。也就是當鋪所在的那條繁忙街道。在蒙羅街上，離當鋪再下去一點，有一家夏威夷燒烤店。他們有一道烤雞飯，但是至少要五塊錢。那聽起來甚至比炸魚和薯片還美味。然而那樣我會只剩下七塊錢。七塊錢根本買不到任何東西來嗨。

媽的我想我快餓死了，米奇。我會死在這裡。

我們就要到了，他說。

媽的什麼國王。

等我們抵達最後一個街區，獨輪手推車的輪胎已經整個扁掉。我根本就是推著鋼圈在走。就像在推一間他媽的房子爬上坡。

拉呀，幹你娘。

我在拉呀。

我們差點沒辦法把它拉上人行道，然後又碰到路緣坡，又差點連另一邊也拉不上去。我的兩手紅腫。最後三個街區都是我在負責推。我應該拿一半，我說。

隨便啦，米奇說。

到了當鋪，我留在外面穩住電視機，同時米奇進去裡面交涉。米奇進去的時候，一位老兄正好走出來。他剛買了一把圓鋸。他朝我大笑。這是我見過最好笑的景象，他說。他媽的賊星和一架擺在獨輪手推車上的巨無霸舊電視機排排站。然後他拿出手機對我拍照。

我不在乎。還微笑讓他拍。因爲我們辦到了。去他的電視老兄、吃三明治的小鬼、拿遙控器的老傢伙，還有這個有照相手機的傢伙。現在我面臨的重大問題是，到底吃炸魚和薯片好呢，還是吃夏威夷烤雞飯。

當鋪老闆臉上掛著一個像屁股那麼大的笑容走出來。他瞪著電視機，彷彿不敢相信我們真的一路把它推到這裡來。現在想想，還眞他媽的酷哩。我們經歷了多少狗屎磨難啊。眞是他媽的一天。

你們兩個推著這東西走多遠？

一英里，米奇說。

這有點把我惹毛了。不用捏造，我們也已經走夠遠了。六個街區，我說。

不是蓋的。然後他搖搖頭，彷彿我們是從北極還哪個難以想像的地方來的。

性能還很好，米奇說。我今天早上才用它觀賞終極格鬥錦標賽。

那位當鋪老兄臉上掛著天底下最大的笑容。跟我來，他說。

我不要把它丟在這兒，我說。可能會倒下來。

當鋪老兄幫忙我們把它靠在店鋪的牆壁上。

然後他帶我們進店裡，裡頭高掛著十架電視機。大部分都和電視老兄的新雙五一樣，是大型的平板電視。全部都插了電。全部都性能良好。那些新電視一臺都差不多兩百元。

你們倆有在這裡看見任何大型的映像管電視嗎？

我們說沒有。

也沒有任何電晶體收音機或ＶＨＳ錄放影機。你們倆差不多遲到五年。我沒辦法將那頭他媽的恐龍脫手。即使附贈免費汽車和口交也沒法度。現在媽的滾出我的店鋪。

在當鋪門口，米奇和我相對無言。我們只是瞪著彼此。米奇看起來一臉歉意。他大概以為我責怪他。但是我沒有。幹，他竟然不知道。我們盡力了。很多事情都是這樣。盡力了。我只是希望自己不是這麼他媽的餓。而且我希望我有足夠的錢讓米奇也嗨一下，還有買炸魚和薯片。但是我沒有。我只有十二塊錢。米奇知道。他看起來像要死了。面如糞土。

告訴你們這麼著。我們回頭看。當鋪老兄站在那兒。他一直在觀察我們。我給你們十塊錢，抵那輛獨輪手推車。

十五塊，米奇說。

媽的有一個輪胎已經爆了，那傢伙說。但是他面帶笑容。就好像在看一隻狗磨蹭屁屁。好吧，他說。十五塊。

你也得把電視機收下，我說。

媽的我是聯合勸募慈善機構嗎？當鋪傢伙說。隨便啦。把它搬到後面去，放到巷子裡。所以我們又把它從獨輪手推車上搬下來。我們搬著那臺他媽的電視機，每走一步，我的背就像被針刺一回。我的臉緊貼著被太陽曬到已達一千度的黑色機座。雙手如此汗濕，我相信隨時都可能鬆脫。但是我們終於到達巷子，把它和一堆其他垃圾留在那裡。有電線。幾輛舊購物車。還有一個車軸。

那傢伙給米奇十五元。你們倆知道我是施給你們一個恩惠，他說。那輛獨輪手推車，我是沒辦法賣到十五塊錢的。你們知道的，對不對？

對啦，我們說。

那就好，他說。那麼，既然我幫了你們一個忙，你們也幫我一個忙。下次，你們兩個幹伊娘貓屎臭的傢伙，想動腦筋偷東西來當，媽的去找別家當鋪。行不行？去第維鈞街的雙鷹當鋪。媽的白粉毒蟲，當鋪老兄說。

米奇要分我十五元的一半，但是我說沒關係。現在我們每個人都有十二塊錢了。再加三塊錢餘錢。不夠去齊托斯特德那兒，但是沒關係。我們可以去東區，在那邊，十二塊錢仍足以讓一個孬種變國王。

而且那樣還有三塊錢可以讓我們買東西吃。不夠買他媽的炸魚和薯片。但是足夠上K記超商。當國王[2]。

米奇買一根義大利辣味香腸條。我買一包九毛九的大包裝太陽薯片。然後我們分享一罐胡椒博士沙士。店員不以爲然地扭了扭鼻子，去他的。

然後米奇和我開步走向東區。但願我有想到要問咖啡店那個傢伙，那個女孩什麼時候會再來上班。那個曾經和我一起上國中的女孩。幹。我想我又忘了她的名字。

2　英文中，King（國王）的第一個字母是K。

我甚至嚐不出太陽薯片的味道。吃起來像根本沒有味道。

然後米奇開始說起整齣故事。記得你幫我們弄到的那個免費司康嗎？

就好像我當時不在場。是啊，我說。

還有你看見那輛他媽的獨輪手推車，就好像吹熄生日蛋糕的蠟燭，願望得以實現。

我聽了大笑。是啊。

然後我們回來，那隻他媽的狗狗在那兒追逐自己的屁屁。即使人都在現場，我仍然對他告訴我的當天的他媽的一點一滴開懷大笑。我們走著走著，米奇又把整齣故事複述一遍。我想他會從此說個沒完。當我們在做那些狗屎事時，我一次都笑不出來。但是現在，一切似乎顯得如此他媽的好笑，我簡直忍俊不住。

我猜回憶比活在其中好。

還有記得那個揮舞著遙控器的老兄嗎？米奇說。

是啊，媽的那搞什麼鬼？

也許他是他媽的絕地武士，米奇說，我們笑得太用力，不得不停下腳步。媽的歐比王肯諾比，我說。然後我們兩個都笑彎了腰。幹，出來走走眞好。口袋裡有十二塊錢，而且肚子裡有沒味道的太陽薯片。我們邊走邊笑。一路往東區前行。

# 我的家鄉華盛頓州斯波坎市的統計摘要

Statistical Abstract for My Hometown of Spokane, Washington

1. 華盛頓州斯波坎市的人口數是二〇三二六八。它是全美國第一百〇四大的城市。

2. 即使在二〇〇八年經濟大衰退以前，斯波坎就有三萬六千人生活在貧窮線以下——是全市人口的百分之十八再多一點。和當時的華盛頓特區大約相等。西雅圖的貧窮人口比例是百分之十二點五。

3. 有時候斯波坎會被稱爲是西雅圖和明尼亞波利之間的最大城市，但這說法只有在你不考慮懷俄明州以南的任何城市時才爲眞，那包括鹽湖城、丹佛、鳳凰城，和德州的至少四個城市。

4. 事實上，這只是闡明沒有什麼人住在蒙大拿州或南北達科他州的另一種說法。

5. 我祖父在一九三〇年代，從北達科他州法戈城附近跳上一列貨運火車抵達斯波坎。連他都不想住在南北達科他。

6. 相較於全世界的任何一個城市，無論哪一天，在華盛頓州的斯波坎市，平均都有更多成年男子在騎小孩子的越野自行車。

7. 我從來搞不清楚，這些傢伙騎這種小自行車要去哪裡，他們踩踏板時，膝蓋幾乎要碰著耳朵。他們都戴帽子——夏天戴鴨舌帽，冬天戴絨線帽。我也從來搞不清楚，這些自行車是屬於他們的小孩子的，或者是他們偷來的。也許他們只是偏好越野自行車，不喜歡十段變速腳踏車。他們當中有很多人因爲太多次酒駕被吊銷駕照。

8. 我是在一九六五年出生於斯波坎。從大約一九七八年開始，亦即十三歲的時候，我就很想離開此地。

9. 我還在這裡。

10. 在二〇〇〇年和二〇〇一年，我最急於搬出斯波坎的那兩年，有二六三二名非法移民被美國邊境保衛局的斯波坎辦公室驅逐出境。他們在忙著把人趕出斯波坎，而我則仍然無法離開。

11. 在一九七八年，我有一輛越野自行車。那輛自行車沒有鏈條安全罩，而因爲我喜歡穿牛仔喇叭褲，所以褲腳經常被鉤住。這會使我跌出扶手，掉到街上。有一次我堂兄偷走那輛自行車，但是他假裝他只是沒經過我允許借用一下，最後他有把車子歸還。後來，車子被附近一個比較年長、叫做史蒂夫的傢伙永久偷走。再後來，我在前院子聽家父訓斥我沒把自己的腳踏車照顧好時，正好看見史蒂夫踩著剛從我這裡偷走的腳踏車經過我家門前。他頭上戴著絨線帽，踩著自行車的膝蓋幾乎要碰到耳朵。我太害怕了，什麼話都不敢說。在這種情況下，懼怕經常會壓倒我的其他感覺。我討厭自己這樣。更甚於討厭史蒂夫。

12. 在一九七八年，斯波坎最大的雇主是凱瑟製鋁廠。我爹在那裡工作。一九九〇年代，在被企業狙擊手買下以後，凱瑟宣告倒閉。所有退休員工，包括我爹，失去一大半的退休金。現在斯波坎的所有大雇主都是政府機構。就技術上而言，我從一九九四年起就沒有過正式的工作。這並不使我在我家鄉顯得與眾不同。

13. 華盛頓州最窮的小學之一在斯波坎。事實上，它正位於我家的後方。曾有一時，全校百分之九十八的學生都有免費午餐或減價午餐。我有時候會想，沒得到減免午餐的那百分之二是誰。我還小的時候，我們在靠近斯普林的一處牧場住了兩年，那是在斯波坎印地安保留區的邊界。我爹每天通勤單趟六十哩去製鋁廠上班。一九七四年，開學以後的第三天，在校車上，一個小孩靠過來對我說：「幹嘛呀，理奇，你每天都要換不一樣的衣服來學校嗎？」因爲我爹的工作，我的手足和我，是學校裡唯一沒得到免費午餐和免費早餐的小孩。在家裡，我們早餐吃無鹽營養小麥糊。在學校，他們早餐吃糖爆玉米花麥片。

14. 糖爆玉米花麥片比無鹽營養小麥糊好吃多了。一九七四年，我爹遭製鋁廠解雇，而我們仍然不符合吃免費早餐的資格。你必須要眞的很窮才能吃糖爆玉米花麥片。

15. 現在他們改稱那個產品爲玉米爆米花麥片。哪個腦袋正常的人會寧可吃玉米爆米花麥片，而不吃糖爆玉米花麥片啊？

16. 而雖然就技術上而言，我確實沒有一個正式的工作，而且我住在一個貧窮的社區，但是我沒有意思要使自己顯得很窮。我其實日子過得滿好的。

17. 在斯波坎，無論你住在哪裡，或你家的房子有多大——你永遠不會遠離壞區超過三條街。我已經漸漸喜歡上這點。在很多城市，尤其是像斯波坎比較有錢的鄰近城市，例如西雅圖和波特蘭，要將自己和貧窮隔閡開來比較容易；你可以住在離窮人數英里遠的地方，並且開始相信每個人的日子都過得和你一樣好。

18. 他們才不。

19. 華盛頓州斯波坎市的家庭年收入中位數是五萬一千元。在西雅圖，家庭年收入的中位數是八萬八千元。得分者：西雅圖。

20. 然而，在西雅圖，住宅價格的中位數是三十萬八千元。在斯波坎，則是十八萬一千元。

21. 斯波坎的駕駛人，每年總共要花一百八十萬小時卡在高速公路的車陣中。這等於在都會區，每人每年平均要耗掉五小時。在西雅圖，他們每年總共要花七百二十萬小時卡在高速公路的車陣中，平均該區每人每年要耗掉二十五小時。那相當於一整天。認衰吧，西雅圖。

22. 要用什麼代價，你才會自願放棄生命中的一整天？

23. 這是我以前爲什麼不喜歡斯波坎的理由清單：①太貧窮，太多白人，太欠缺教育。②沒有足夠的少數族裔食物。③市中心很乏味，沒有藝術電影院，而且風氣太保守。

24. 然而過去這幾年，市中心已經重新活化，藝術活動旺盛，而且食物也愈來愈好。電話簿上列了二十家泰國餐廳和越南餐廳。就在其他地方的類似戲院紛紛關門的同時，藝術電影院重新開張了。各處都有自行車道，而且我不斷遇到又酷又進步的人士。二〇〇八年的時候，本市甚至偏向支持歐巴馬——險勝，但畢竟仍屬多數。氣候優良，戶外活動機會多不勝數，而且居民不可思議的友善。

25. 即使如此，就大多數區域來說，斯波坎仍然太貧窮，太多白人，而且太欠缺教育。

26. 我自己的社區，就是本州最貧窮的社區之一。這裡有數不清的中途之家、收容所、兒童之家，以及戒毒與戒酒中心。

27. 記得我還是某家報社記者的時候，我採訪了一個聽證會，裡面坐滿南丘區的屋主，斯波坎舊權貴的男男女女，喧鬧的抱怨有一個兒童之家即將進入他們社區。他們擔憂房地產價格下跌、犯罪率上升，以及會有「不受歡迎的人士」。我訪談的一名活動份子稱呼這些人是NIMBY[1]。這是我第一次聽到這個名詞。我以爲他的意思是NAMBLA[2]——北美男人／男孩愛情協會。對我來說，那似乎有點粗野。

1 "Not In My Backyard"的縮寫，意指強烈反對在自己住處附近設立任何有危險性、不好看，或其他不宜情形之事物，例如監獄、焚化爐或收容所等等。

2 "the North American Man / Boy Love Association"的縮寫，美國一個鼓吹戀童癖和男同性戀的組織。

28. 有時候，一身破爛、神色疲憊的女人，抱著嬰兒、身後還跟著其他小孩的女人，會在前往收容所或兒童之家途中經過我家。她們常常用破舊的行李箱拖著一身家當。有時候則裝在垃圾袋裡。

29. 當然，貧窮和犯罪是相連的。斯波坎的犯罪率遠高於全國平均數，而且在美國四百大城市中位居第一百一十四名，剛好排在波士頓底下。每一年大約有十項謀殺案，以及一千一百項暴力犯罪。有將近一萬兩千項侵犯財產罪——偷竊與闖空門之類。有一年，警長估計，有一千輛腳踏車通報遭竊。

30. 我相信。

31. 有一次，內人在清晨兩點鐘張望窗外，看見一個傢伙騎著一輛兒童越野自行車，同時後面還拉著另一輛。他行進不順利，最後便把其中一輛放倒在草叢裡。我打電話報警，並且整晚匍匐在窗邊監視，直到他回來取第二輛自行車時，被警察逮捕。我超爽的，自覺好像警探狗馬克葛拉夫[3]。

3 McGruff the Crime Dog，宣傳打擊犯罪的漫畫角色。

32. 另一次，在婚前，我騎腳踏車回來，坐在家門前的門階上，把腳踏車靠著旁邊的欄杆擺放，有一個傢伙竟然想偷車。他直接一腳跨上去，騎了就走。我人還坐在那裡咧。我追著他跑下馬路，抓住腳踏車的車身，他跳下車子。「不好意思喔，」他說：「我以爲是我的。」我能說什麼呢？「呃……不是欸。」

33. 另一次，我們雇人來修剪樹木，園藝行的運貨卡車後面載了三名計日工人出現。其中一個才做一小時就不見人影。工頭似乎不在乎；他說工作如果太辛苦，工人常常會溜掉。直到第二天，我才發現那個計日工是騎著我沒上鎖的登山腳踏車落跑的。我只花二十五元就買下那輛腳踏車，那是在一家當鋪買的，我去那裡找我的前一輛腳踏車，沒找到，前一輛也是被偷走的。因爲當鋪的腳踏車幾乎總也是從某處偷來的，所以再度被偷，似乎也算合情合理。

34. 有一次，一個朋友的稀有昂貴自行車失蹤，結果出現在克雷格網站免費分類廣告上要出售。我和他開車去見賣主。我們精心研擬一個計畫，內容不外乎我們倆把自行車偷回來，或與小偷正面對質，之類之流。我只記得我應該要在車子裡等候，直到他丟信號給我。抵達對方的房子時，我們發現偷車賊是一群全身刺青，而且胸膛赤裸的彪形大漢。他們坐在自家門廊的一張長沙發上，喝麥芽酒和抽菸。我在車子裡等待信號。幾分鐘以後，我朋友回到車子裡。那不是他的自行車。他很失望。我則大大的鬆了一口氣。

35. 我所見過，要走去我家附近一家收容所的最大團體，是五個人：一個哭泣的女人和她的四名子女，他們全都尾隨在她背後，像一群小鴨子。我對他們露出鼓舞的笑容。那是個大熱天。我的前院開著灑水器，最後一隻小鴨子踏進擺動的水柱裡，並且對我微笑。我不知道爲什麼整件事讓我覺得如此懊喪，但事實確實如此。

36. 有一次，我正在看電視運動節目時，一個傢伙敲打我家前門，並且放聲大喊：「蒂芬妮！天殺的，蒂芬妮！給我滾出來！」

37. 我走去前門。那傢伙穿著破爛的牛仔褲，沒穿上衣，戴著一頂鴨舌帽。他似乎毛躁不安，看起來像甲安吸食者。我說這裡面沒有叫做蒂芬妮的人。他說：「我知道這是一家婦女收容所，而且我知道她在這兒。」我堅持這不是一家收容所，說他要找的地方離這裡好幾哩遠，而且如果他不走，我就報警。

38. 他說他要給我一頓教訓。我努力裝得不好惹，但其實嚇壞了。

39. 我這輩子與人打架的紀錄是零贏，四輸，一平手。我以前都把平手那次號稱爲贏，但是我弟弟，親眼目睹過那場打鬥，總會扮起鬼臉，像在說：真的嗎？

40. 打赤膊在找蒂芬妮的那個傢伙，對我叫囂一陣子三字經。然後就跨上一輛小小孩的越野自行車兀自離去，他踩著自行車的膝蓋拱上了耳朵。

41. 後來，等確定他已經走了以後，我跑去收容所敲他們的前門。一個女人的聲音從近旁的窗戶傳出來。「什麼事？」她說。我看不見她的臉。我告訴她剛剛發生的事。她謝謝我。我便離開了。

42. 接下來好幾天，我老想像自己還可以對那個混蛋說什麼別的話。或者想像自己出拳揍他。覺得自己好像沒有把事情處理好，雖然我不知道還能有怎樣不同的作爲。

43. 在那之後，我決定要去那家收容所當志工。我常常看見小孩子在高高的圍牆後面玩耍，我想我可以和他們玩，或者讀書給他們聽。但是他們告訴我，他們只有很少數的男性志工，因爲有男人在周圍，會使裡面的許多女人感到緊張。

44. 在斯波坎，三萬六千名生活貧困的人口當中，大多數是兒童。

45. 在對家鄉最憎惡反感的高峰期，我以一個月九百元的代價，在西雅圖租下一艘船屋，假裝自己住在那邊。住在那艘船上，並且在西雅圖一帶閒晃的期間，我和某人有一場關於斯波坎的所有缺失的對話。他說那個地方太窮、太多白人、太欠缺教育，而且太沒有深度，就在他說話的時候，我意識到一件事：這個傢伙討厭斯波坎，正是因為有像我這樣的人。我成長的背景正是貧窮、白人，而且沒有深度，我是我們家第一個大學畢業生。更糟糕的是，我自己也有相同的抱怨。我是討厭斯波坎呢……或者我是討厭**我自己**？這只是一種自艾自怨嗎？然後我產生了這個更發人深省的念頭：我是不是一個勢利鬼，討厭一個地方，因為那個地方很窮？

46. 我想對於你的家鄉，你只有兩件事可以做：找出方法來使它變得更好，或者去找別的地方住。

47. 去年，我到我家後面那所低收入學校當志工，輔導需要加強閱讀能力的小孩。其他志工大多是退休人士，看見六歲的孩子手牽著那些面帶笑容的老人在學校到處行走，好尋找一個安靜的所在讀書，是一個令人感到窩心的景象。有一天，我輔導一名嚴肅的八歲小孩迪倫閱讀。我們一起讀一個故事，是關於一個洞穴男孩，原來害怕一頭野狼，直到那頭野狼救了他的命，並且成為他的朋友。在那之後，每次我來，迪倫都拿那本野狼書要我唸。我說：「你應該找別本來」，他會說：「既然這本這麼好，我為什麼應該讀別本？」切中要點：迪倫。

48. 有一天，我們討論什麼事物令我們害怕。我告訴迪倫，我以前有多害怕我們家地下室的暖氣鍋爐以後，迪倫告訴我，他害怕他哥哥會殺死他。我取笑所有人的這種共通性，並且告訴他，兄弟之間有時就會互相爭吵，這沒有什麼好怕的，他哥哥是愛他的，然而他說：「不，我哥哥眞的想殺死我。他勒我脖子，我昏過去，我繼父必須把他從我身上拉走。我去住院。他還說，有一天他會殺死我。」我對老師報告這件事，老師說，男孩的哥哥確實試圖殺死他。

49. 兩年前的萬聖節，我探頭窗外，看見一名女子經過我家門前，臂膀裡抱著一個稚齡的小孩。我一把抓起裝糖果的碗，心想他們是要來玩「不給糖就惡作劇」的，就在此時，我注意到有一名年輕男子走在女子的身旁。我注意到他，是因爲突如其來的，他對她揮出一拳。她往旁邊一顚，但仍然一跛一跛地往街道下走。我扔下糖果，跑出去。「喂！」我大喊。「別碰她！」此時我可以看見女子在哭，一手扶著拐杖，另一手抱著一個三歲男童。她的男朋友，或隨便什麼關係的人，氣得滿臉通紅。他不睬我，繼續對她叫嚷。「妳媽告訴我妳要來這裡！現在別走！我只是要跟妳說話！妳不可以這樣！」我踏進他們兩人中間。「別碰她！」我又說一次；然後我說：「滾出這裡！」他握起拳頭說：「休想。」但是這整段期間，他都不正眼看我，彷彿我根本不存在。他的眼睛發紅潰爛。我嚇壞了。我告訴他，他必須回家。他不理會我。他一直跨到一旁，好取得看得見他女友的角度，而我則一直擋到他的面前。在某個時間點上，女子還把她的拐杖交給我，好把小孩抱得穩當些。她瘸得很嚴重。我們就這樣憑空舞蹈，一路跳下街區，痛苦而緩慢，無聲又無息：她、我，還有他。最後我說：「聽著，我要報警了，一切只會更糟。」他面色轉白。然後全身一緊，擊出又短又結實的一拳。打的是他自己。他拳頭擊中自己臉孔的聲音，聽起來很像槍擊。聲音大到連我的鄰居麥克也被引出家門。麥克是個高大魁梧的越戰退伍老兵，是我所認識，算是固執而又講理的人之一。那傢伙似乎對麥克感到憂懼，當然比對我的憂懼要來得大些。麥克和我各守住女子的一側，直到她憤怒的年輕男友放棄，氣呼呼地走開。他走開的時候，又揮拳打自己兩次。還一路啜泣。我們等到他不見人影，然後才護送她去收容所。在去那裡的路上，小男童一直瞪著我。我不知道要說什麼。不曉得爲什麼，我竟問他，當晚稍後有沒有要去玩「不給糖就惡作劇」。他母親看我的樣子，彷彿我瘋了。

50.

到了收容所，我把拐杖還給她。女子敲敲門。門打開來。麥克和我留在街上，因爲那是我們所能得准的最近距離。也許也是我們願意走到的最近距離。一隻溫柔的手挽起女子的臂膀，然後把她和男童小心的迎進屋裡。

# 誌謝

過去七年來出版的這些故事，有幸落在幾位傑出編輯的筆下。我要特別指出兩位同時也是朋友的編輯，他們用對待自己作品一樣嚴格維護的態度，慷慨地對待作家。山姆・里根（Sam Ligon）在《柳泉雜誌》上出版了幾篇我的短篇故事，也讀了其他大多數作品，並且不吝與我分享他琢磨字句與發掘故事的雷射般敏銳能力。無論是在與人溝通或處理文字上，艾美・葛蕾思・洛伊德（Amy Grace Loyd）都展現了相同卓絕的功力，就和其他曾經經由她在《花花公子雜誌》和《署名》電子書編輯過的作家一樣，在有過她於此二者合作的經驗以後，我更加進步了。

我要深深感謝我的另外兩位好友，我的編輯卡爾・摩根（Cal Morgan），故事書寫人、分神小說家，和其他不適應俗世者最孜孜不倦的擁護人，還有我的經紀人華倫・費吉爾（Warren Frazier），文學社工，常爲問題兒童找到家。也謝謝以下這群優良的編輯和作家：《麥克隋尼文學季刊》的喬丹・巴斯（Jordan Bass），《哈潑雜誌》的克里斯多夫・貝哈（Christopher Beha），《賦格雜誌》的瑪莉・摩根（Mary Morgan），《最佳美國短篇小說集》的凱文・山普塞爾（Kevin Sampsell）、喬瑟夫・麥特森（Joseph Mattson）、彼得・韋爾德（Peter Wild）、湯姆・裴洛塔（Tom Perrotta），和海蒂・皮特洛（Heidi Pitlor）。《最佳美國非指定讀物》的大衛・艾格斯（Dave Eggers）及其工作群。並且也要爲最後成爲〈不要吃貓〉的這項指定作業，感謝安妮・華特（Anne Walter）、尚恩·維斯托（Shawn Vestal）、丹·巴特華斯（Dan Butterworth），以及西雅圖理查雨果出版社的工作人員。

藍小說 234

# 我們住在水中

作者—傑斯．沃特
譯者—許瓊瑩
主編—嘉世強
編輯—邱淑鈴
封面設計—井十二設計研究室
企畫—張燕宜、石瑷寧
校對—邱淑鈴、許瓊瑩
董事長
總經理—趙政岷
總編輯—余宜芳
出版者—時報文化出版企業股份有限公司
10803台北市和平西路三段二四〇號四樓
發行專線—（〇二）二三〇六—六八四二
讀者服務專線—〇八〇〇—二三一—七〇五
（〇二）二三〇四—七一〇三
讀者服務傳真—（〇二）二三〇四—六八五八
郵撥—一九三四四七二四時報文化出版公司
信箱—台北郵政七九～九九信箱
時報悅讀網—http://www.readingtimes.com.tw
電子郵件信箱—liter@readingtimes.com.tw
法律顧問—理律法律事務所　陳長文律師、李念祖律師
印刷—勁達印刷有限公司
初版一刷—二〇一五年十一月二十日
定價—新台幣二六〇元
⊙行政院新聞局局版北市業字第八〇號


國家圖書館出版品預行編目（CIP）資料

我們住在水中 / 傑斯．沃特著 ; 許瓊瑩譯. -- 初版. -- 臺北市 : 時報文化, 2015.11
面 ;　公分. -- (藍小說 ; 234)

譯自 : We live in water

ISBN 978-957-13-6460-5(平裝)

874.57　　104023058



ISBN 978-957-13-6460-5
Printed in Taiwan